JN311290

# 夏まぐろ

料理人季蔵捕物控

和田はつ子

時代小説文庫

角川春樹事務所

目次

# 第一話　幽霊御膳

## 一

「今年は長いね」

　このところ、市中では誰もが挨拶《あいさつ》代わりにぐずぐずと続く梅雨《つゆ》にため息を洩《も》らした。

「早く、夏のかーっとくるお天道様を拝みたいもんだ」

　そんな梅雨の最中《さなか》でも、つかのま晴れて、青い空の大きな雲を、親燕《つばめ》が横切るように勢いよく飛んで、子燕が待っている軒下の巣へと餌《えさ》を運ぶ姿が見られた。

「晴れてよかったわねえ」

　日本橋は木原店《きはらだな》の一膳飯屋《いちぜんめしや》塩梅屋《あんばいや》の看板娘おき玖《く》は、戸口に立ったまま、隣りの煮売り屋の軒下から目を離せずにいる。

　燕の巣の中では、子燕たちが精一杯大きな口を開いて、親燕が持ち帰って分け与える餌をせっせと呑《の》み込んでいた。

「子燕たち、幸せそうだわ」

「たしかに」

傍《かたわ》らで季蔵《としぞう》が微笑《ほほえ》んで相づちを打った。

季蔵は仕えていた主家を理由《わけ》あって出奔《しゅっぽん》した後、亡き先代塩梅屋長次郎《ちょうじろう》に見出《みいだ》されて料理人となり、今日があった。おき玖はその恩人である長次郎の忘れ形見で、塩梅屋は下働きの三吉《さんきち》を加えた三人で切り盛りしている。

「恥ずかしい話を一つするわね」

前置きしたおき玖は、

「あたし、時々、子燕たちが羨《うらや》ましくなるのよ」

おき玖は幼い頃に母親と死に別れていた。

おき玖の言葉に季蔵はふと、過ぎし日のことを思い出した。季蔵の生家の軒下にも燕が毎年、巣を作り、幼馴染《おさななじ》みで許嫁《いいなずけ》の瑠璃《るり》が気にしていた。

理由を訊《たず》ねると、親燕にもしものことがあったら、子燕たちはどうなるのかと、気が気ではないのだと答えた。

「それゆえ、雨の続く梅雨が疎《うと》ましいのです。さぞかし、親燕も餌を捕るのに難儀するでしょうから」

——瑠璃は昔から心が細やかすぎて、とかく物事を案じすぎるきらいがあった——

季蔵が出奔した一件と関わって、瑠璃は専横な主家の嫡男の毒牙《どくが》にかかって側室となった。

料理人となった季蔵が、もう会うこともないと諦《あきら》めていた、かつての許嫁に遭ったのは、主家の親子が殺し合った屋根舟の中であり、壮絶な惨状の一部始終を目撃していた瑠璃は、この時以来、正気を失ってしまっていた。

「今日あたり、瑠璃さんのところへ行ってあげて」

瑠璃は南茅場《みなみかやば》町《ちょう》で長唄《ながうた》の師匠をしている、お涼《りょう》の元に預けられている。元芸者のお涼は、北町奉行　烏谷椋《からすだにりょう》十郎《じゅうろう》の馴染みであり、瑠璃の養生はこの烏谷の格別なはからいであった。

「お涼さんから催促の文《ふみ》だって届いてるんだし」

おき玖は笑顔を作り続けた。

――悋気《りんき》なんてみっともないこと、できやしない――

おき玖はもう何年も、密《ひそ》かに季蔵を想《おも》い続けてきている。その胸の裡《うち》は苦しさを通りすぎて、夏近いというのに凍《こご》えそうに寒い。

「そうさせていただきます」

季蔵は店の中に入って菜切り包丁を研《と》ぎ始めた。

お涼が寄越してきた文には、このところ、むしむしする陽気のせいか、瑠璃の食が細くなってきていることが案じられる。食が細くなるといずれ命が危なくなると、医者から聞かされていることもあって、何とか、食が進むように、是非とも、好物の辛味《からみ》蒟蒻《こんにゃく》を作って届けてほしいと書かれていた。

辛味蒟蒻はそばのように細切りにし、湯がいた蒟蒻に、酒、醬油《しょうゆ》、味醂《みりん》、少々の梅風味の煎り酒《いりざけ》を加え、輪切りの唐辛子をぱらぱら混ぜ煮つめて仕上げる菜の一つである。

これは肴《さかな》にも飯にもよく合う。

季蔵の母世志江《よしえ》が武士の質実な暮らしの中で、少しでも美味《おい》しいものをと工夫した一品であり、細切りさえ、丹念にこなすことができれば、後は目をつぶってでもできるほど簡単な料理であった。

瑠璃は、世志江にもてなされて、この味を知ると、

「家で拵《こしら》えてみたところ、父上も三日に一度はこれでよいとさえおっしゃって——。もちろん、わたくしも。ですから、これからはもっと沢山、蒟蒻を細切りにしなければなりません」

辛味蒟蒻に熱中した。

——これぞ、瑠璃の箸《はし》が進む特効薬だ——

季蔵は仕上がった辛味蒟蒻を舌の上で試した。

「お嬢さんもいかがです？」

小皿に取り分けて渡そうとすると、

「あたしは結構よ」

——瑠璃さんの好きな辛味蒟蒻だけは勘弁してほしい——

おき玖は並べたギヤマンの瓶に、沸かして冷ました砂糖水を注いでいるところであった。

「実は今年も松葉飴《まつばあめ》を拵えてみることにしたの」

　この時季の松葉を摘んで、砂糖水の入ったギヤマンの瓶に入れて、栓をして、日当たりのいい場所に二、三日置いておくと、ふつふつと細かな泡が湧《わ》き立つ、清涼感溢《あふ》れる飲み物ができるはずであった。

　これが父長次郎が作ってくれた思い出の松葉飴なのだったが、去年、おき玖が試してみたところ、何日経《た》っても、ギヤマンの瓶の砂糖水に泡は立たず、結局、茶色く濁った苦甘い水を捨てるしかなかった。

「梅雨晴れのせいかしら、あたし、懲りもせず、また、作ってみたくなったのよ。ギヤマンの瓶や中の水、松の葉に、お日様が当たってきらきらしてるのを見たいし、これで、今度こそ、おとっつぁんの時みたいな松葉飴ができたら、いいことがあるような気がする。あたしの心まで、お日様で暖まって、ぽかぽか、すっきりしてきそう――」

　おき玖はハカマから新芽を外した松葉を一本、二本と数えながら、慎重にギヤマンの水の中に沈めつつ、手を合わせ続けた。

　この日、季蔵は南茅場町までの道を、帰る時と同じにした。瑠璃を見舞う時は、わざと別の道を通って、遠回りすることが多い。移りゆく季節の草木や風物を、今時分なら、家々の生け垣から見え隠れする、盛りの紫陽花《あじさい》を眺めたいという思いもあったが、それだけではなかった。

　いつも同じ道を辿《たど》って行き着くのでは、瑠璃の病状も変わらず、永遠に治癒《ちゆ》とは無縁なような気がしてならないからであった。とはいえ、今日に限っては、ただただ一つのことを祈っていた。

――良くなってほしいというのが欲ならば、もう決して欲などかくまい。だから、せめて、悪くだけはならずにいてほしい――

こぢんまりとした二階屋の戸口に立って、

「季蔵です」

声を掛けると、

「ああ、よかった」

背筋のしゃんと伸びた姿のいい大年増《おおどしま》が迎えてくれた。お涼は崩した島田の髷《まげ》に、地味な結城紬《ゆうきつむぎ》を粋《いき》に着こなしている。

「辛味蒟蒻を持参いたしました」

「何よりですよ」

「瑠璃のことで、何かほかに案じていることが？」

お涼の顔はいつになく優《すぐ》れなかった。

「まあ、ちょっと――」

季蔵から辛味蒟蒻の入った折りを受け取ったお涼は、まだ立ったままでいる。

「今、ちょうど、通いのお婆《ばあ》さんが瑠璃さんのお相手をしていてくれているのよ」

お涼は垣根の外に目を馳《は》せた。

「話は外でしましょうか？」

「その方がいいわ」

折りを厨《くりや》に置いて戻ってきたお涼と共に、季蔵は家を出て歩き始めた。

「このところ、瑠璃さん、昔話に夢中なんですよ」

「こちらの言葉かけに応じるようになったのですね」

思わず季蔵は顔をほころばせた。

――閉ざしていた瑠璃の心が開きかかってきた証《あかし》だというのに、なぜ、お涼さんは案じるのだろう？――

「瑠璃さんの身の回りの世話をしてくれる、通いの人が変わって、お喜美《きみ》さんっていうお婆さんになったのよ。そのお喜美さんが昔話をするのが上手《うま》くて、聞いている時の瑠璃さんの目、きらきらととっても綺麗《きれい》に輝いてるのよ」

そこでお涼は一つため息を洩らし、先が読めぬままに季蔵は次の言葉を待った。

「お喜美さんは毎日、違う昔話をしようとするんだけど、瑠璃さんが聞きたいのは、一つだけなのよ。ずっと、〝山姫《やまひめ》様と兄妹〟。お喜美さんがほかの話をしようとすると、瑠璃さんが〝山姫様、山姫様――〟って、呟《つぶや》き続けて、涙まで浮かべるんで、お喜美さんはここ十日ばかり、毎日、こればかりを繰り返し話させられてるの。心配なのは、しきりに、昔話をせがむようになってから、瑠璃さんの食が以前にも増して、細くなったことなの」

## 二

「昔話のせいで食がはかばかしくなくなるのだとしたら、困ったことですね」

応《こた》えた季蔵のお涼に向ける目は半信半疑であった。

──はて、関わりがあるものなのか──

気がついたお涼は、

「実はこれが初めてじゃないのよ。三月《みつき》ほど前に〝宝の下駄〟でも、瑠璃さんの箸は御膳に伸びなくなったのよ。あの時はお奉行から季蔵さんがお留守だと聞いて、お報《しら》せしなかったんですけど」

「あの昔話の〝宝の下駄〟ですね」

〝宝の下駄〟は、病に罹《かか》った母を案じる貧しい子どもに仙人が情をかけて、転ぶと運が舞い込む下駄を授ける話である。その際、仙人は転びすぎると、転んだ本人が米粒のように小さくなるので、くれぐれも転びすぎないようにと注意する。

早速、この下駄で子どもが転ぶと小判が出てきて、聞きつけた強欲な叔父《おじ》がこれを取り上げ、繰り返し転ぶと小判の山ができる。だが狂喜していた叔父の方は、米粒のような大きさになってしまって、もはや、虫にしか見えず、踏みつぶされて死んでしまう。

「ご近所でよく似た事件が起きたのよ。長屋暮らしで病気のおっかさんを抱えた長太《ちょうた》って子が、道で出遭った旅のお坊さんから、遠い天竺《テンジク》からのものだという、何とも不思議な字で書かれたお札《ふだ》を貰《もら》って以来、売り歩いている水菓子《みずがし》（果物）がすぐに売り切れるようになっただけじゃなく、竈《へっつい》の裏から小判は出てくるわ、危なかったおっかさんの病は良くなるわの、いいこと続き。これを聞いた因業《いんごう》な大家が、溜《た》まっている店賃《たなちん》をまけてやる代わりに、福の神だと評判のお札を差し出せと迫ったんですって。小判一枚出てきたって、おっかさんには、まだまだ薬代もかかるのに。長太は泣く泣くこのお札を大家に渡したんだそうなの。でも何日かして、その大家は、火鉢の灰を掻《か》き分けようとして、死んでしまったんですって。何でもその手には灰まみれの小判が握られていたって話なんですよ」

真顔のお涼はやや青ざめて見える。

「たしかによく似ていますね」

「たまたまだと思いたいところですけど」

「大家さんが亡くなった後、瑠璃の食は戻ったのでしょう？」

三月前、旅から戻った季蔵は、瑠璃に草餅《くさもち》を拵えた。

「ええ。ですから、あの時は昔話が瑠璃さんの食の進み方に関わっているなんて、思いもしなかったのよ」

「そうなると、瑠璃が昔話に熱中していて、それによく似た出来事が起きる時、食が細くなるということですね」

お涼は無言で頷《うなず》いた。

この後、季蔵は家に招き入れられて、涼やかな風鈴の音が流れている縁先に立った。縁側では瑠璃がお喜美らしき老婆の語る昔話をじっと聞いていた。

「それ以来、村では秋の取り入れが終わると、大きな片わらじを作って山姫様に豊作を願ったとさ。はい、今日はこれでお仕舞い」

ちょうど話が終わったところだったが、瑠璃はいやいやと首を横に激しく振った。

「山姫様——山姫様——」

顔こそ一回り小さくなってはいたが、瑠璃の頬《ほお》はうっすらと赤みがさしていて、その目は潤《うる》みを帯びて輝き、語り手のお喜美の顔に注がれている。

——正気に近い時の瑠璃の面差《おもざ》しだ、もしかして——

季蔵は胸の高鳴りを感じる一方、お涼からの話と相俟《あいま》って、いわく言い難い不安を感じた。

「瑠璃さん、もうこれで三度目よ。そろそろお昼寝をしないと身体《からだ》に障《さわ》るわ」

お涼に促されて、瑠璃が階段を上って行くと、季蔵の胸の高鳴りは胸騒ぎに変わった。

お涼が下りてくると、入れ違いに上に上がり、布団の上に身を横たえている瑠璃のそばに座る。握った手は汗ばんでいて、

「山姫様——山姫様——」

うっすらと目に涙を滲《にじ》ませつつ、瑠璃は〝山姫様と兄妹〟をせがみ続けた。

この日、南茅場町から帰ってきた季蔵が顔を翳《かげ》らせていることに気づいたおき玖は、

——きっと、瑠璃さんがよくないんだわ——

あえて、瑠璃のことは聞くまいと決め、

「今日の小鉢は辛味蒟蒻だわね」

三吉に買い足しにやらせた蒟蒻を俎板《まないた》に並べた。

「肴といやあ、何と言っても、こいつが一番人気ですからね」

三吉はすでに蒟蒻の細切りを始めている。凝ったものでこそなかったが、辛味蒟蒻は塩梅屋の看板料理の一つであった。時季にかかわらず、誰もがこれを好む。

もとより、おき玖とて辛味蒟蒻が嫌いで口にしないのではない。美味しいが、季蔵と瑠璃の思い出が詰まっているとわかっているので、何とも、たまらない気持ちになる。泣き顔を唐辛子のせいだと言い訳したくなくて、箸を止めているのだった。

暖簾《のれん》を出して、ほどなく訪れた履物屋の隠居喜平《きへい》は、

「そろそろ、出て来る頃だと思ってたよ」

突き出しの辛味蒟蒻に目を細めた。

「こいつでやる冷や酒はいい。まさに夏酒だよ。どっちが欠けても、夏の酒の醍醐味《だいごみ》は味わえねえ」

惜しみ惜しみ箸を進めた。

「辰吉《たつきち》さんと勝二《かつじ》さん、遅いようね。どうしたのかしら？」

おき玖は戸口に何度も目をやった。

「何か、おかしいかい？」

猪口《ちょこ》を傾けた喜平は、酒が美味《うま》くてしようがないという様子で、口をひょっとこのようにすぼめた。

「だって、いつもは──」

喜平と辰吉、勝二の三人は先代の頃からの常連客である。女道楽が過ぎて倅《せがれ》に隠居させられた喜平が、大工の辰吉のふくよかな恋女房のおちえを、〝あれは女ではない、褞袍《どてら》だ〟とクサしたのがきっかけで、二人は顔が合えば派手な喧嘩《けんか》を繰り返している。

これを止めにかかるのが、指物師《さしもの》の婿養子で一番若い勝二の役目であった。三人はなぜか、申し合わせたように同じ頃、塩梅屋に顔を出す。今まで、二人がこれほど遅れるようなことは滅多になかった。

「まあ、いろいろ都合があるんだろう」

喜平がそう呟いたところで、戸口が開いて、

「今日の肴は何だい？」

「こんばんは」

辰吉と勝二が顔を出した。

「辛味蒟蒻さ。これぞ、塩梅屋のつゆ払い、小股《こまた》の切れ上がったいい女だよ。いい女ってえのは褞袍じゃない、酒とぴったり肌を合わせる肴のことだ」

喜平は酔いに任せて大声を上げ、おき玖は思わず辰吉の方を見た。

「たしか季蔵さんの十八番《おはこ》だったね。よおっ、二代目塩梅屋、いい男」

辰吉がそう言って、おき玖が差し出した湯呑み酒をぐいと飲み干すと、

「これに適《かな》う肴なんて、ありゃしませんからねえ」

追従《ついしょう》するように頷いた勝二は、忙《せわ》しく箸を動かした。

――いつもはここで喜平さんの物言いに、辰吉さんが腹を立てるはずだというのに、いったいどうした風の吹き回しなのかしら？――

おき玖が呆気《あっけ》に取られていると、

「何か、わたしに話があるのではありませんか？」

季蔵はあまり酒が進まない辰吉の方を向いた。

「さすがだよ」

喜平が唸《うな》って、

「どうやら、季蔵さんはお見通しのようだ。わしが言ったように、真っ正直に話してみることだよ」

優しい目で辰吉を促し、

「そうですよ、辰吉さん、季蔵さんとは昨日今日の仲じゃあないんだし、ここは腹を割ってお願いするしかありません」

勝二は箸を置いて、上目《うわめ》づかいに季蔵を見た。

「樫本喜之助《かしもときのすけ》を知ってるだろう？」

おずおずと辰吉は切り出した。

「怪談ものの戯作《げさく》を書いていて、飛ぶようにその本が売れている人ですね」

「そいつの家の板塀を直したのが縁でね、差しつ差されつの仲になっちまって、祝言《しゅうげん》の相談をされるまでになった」

「あら、あの樫本喜之助もとうとう年貢を納めて、これぞというお相手が出来たのね」

おき玖が意味深な顔になったのは理由があった。三十路《みそじ》を一つ、二つ出た年格好の樫本喜之助は、色白でやや撫《な》で肩、すらりと背が高く、役者を想わせるいい男ぶりである。

売れている怪談は、成仏しきれない女の幽霊が出てきて、不実な男をさんざんに悩ませて、呪《のろ》い殺すというのが定番であった。とはいえ、こうした作風にも怖《お》じ気《け》を震わないのが、おちゃっぴいと呼ばれる元気で好奇心旺盛《おうせい》な町娘たちで、樫本喜之助の行く先々に付いて回り、その様子が瓦版を賑《にぎ》わすことまであった。

「きっと相手はうんと若いんでしょう？　十六歳？　十五歳？」

訊《き》かずにはいられないおき玖の言葉に、辰吉は首を縦に振らなかった。

「まさか、十四歳なんてことは――」

「相手の女は三十五歳だよ」

三

「あの喜之助が惚《ほ》れるんだ。大年増ながら、さぞかしいい女なんだろうな」

その道の大家を自称する喜平は、今にも涎《よだれ》を垂らさんばかりの羨ましくてならない顔に

なって、

「是非、一度拝みたいもんだね」

辰吉に目配せした。

「塩梅屋さんとのつきあいは、俺たちより、ご隠居の方が長い。それで最初はご隠居から頼んでもらった方がいいと思ったんだが、ご隠居は俺から直《じか》に話せという――」

そこで辰吉は一度言葉を切った。

――よほど、切り出しにくい頼みなんだろうけど――

おき玖には見当もつかない。

「季蔵さんに、喜之助が挙げる祝言の膳を拵えてほしいんだよ」

辰吉は知らずと頭《こうべ》を垂れている。

「お目出度《めでた》いことだもの、喜んで引き受けるわよね、季蔵さん」

おき玖に同意をもとめられて頷いた季蔵は、

「どうやら、何かいわくがありそうですね」

「そうなんだ。それでご隠居に相談に乗ってもらおうとしたのさ」

辰吉は恨みがましそうに喜平を見た。

「喜之助ときたら、惚れたその女と何と言ったか、忘れたが――奇妙な婚礼をやらかしたいらしい」

多少、バツが悪そうな喜平の忘れた言葉を、

「幽霊婚だって、辰吉さんから聞いてます」

勝二が補った。

「幽霊って、舞台じゃ、白装束で柳の木の下に立ってて、恨めしやーって襲いかかってくる、足のない化け物よね？」

おき玖が念を押すと、

「ほかに何がありますかね」

勝二はため息をついた。

「怪談の達人だからって、何も幽霊に義理立てすることないのに」

おき玖は呆《あき》れて呟いた。

「喜之助の話じゃ、そいつをやりたがってるのは女の方だっていうんだよ。名前はお露《つゆ》。何でも小さい頃、姉妹で同じ病に罹って、妹のお玲《れい》を亡くしたそうだ。お露の故郷《くに》じゃ、死んじまった兄弟姉妹を悼《いた》んで、婚礼にはそいつらも花嫁、花婿として呼ぶんだそうだ。死んだ兄弟姉妹の数だけ、花嫁花婿の席の隣りに座布団を並べとくんだとよ」

話し終わった辰吉は思わず、ぶるっと身体を震わせた。

「これを聞かされた時は、正直、一目散に喜之助の家から逃げ出したくなったよ」

何が苦手かと言って、辰吉にとって幽霊ほど苦手なものはないからであった。

「情に厚い辰吉さんは婚礼と聞いて、一肌脱ぐつもりだったのさ」

喜平が巧みに取りなして、

「喜之助は幽霊婚に合った祝い膳を頼みたいと、辰吉さんに頼ってきたんだ。喜之助の女の故郷じゃいざしらず、この市中で幽霊婚だなんて言われても、縁起でもない婚礼だってことで皆、顔を顰《しか》める。高い銭を払えば引き受ける料理屋はあるだろうが、喜之助が言うには贅《ぜい》を尽くすだけではなく、もう一人の幽霊花嫁、お露の妹お玲が、美味い、美味いと、舌鼓《したつづみ》を打てる料理でないといけないんだとか——。自分は幽霊と話ができるから、誤魔化《ごまか》しはきかないとまで言ってのけてるんだそうだ。ったく、呆れたものさ」

辰吉から聞いている喜之助の注文を言葉にして、

「わしから頼んでくれと辰吉さんにすがられたが、先代は幽霊嫌いだったからね。長次郎さんは怖がってたんじゃなくて、からきし、幽霊なんてもんを信じちゃいなかった。その点、幽霊はいい女に限るって決めてるわしも同じようなもんさ。そんなわけで、怪談の大家の婚礼の祝い膳を、塩梅屋の二代目に負わせるのは気が引けたんだよ。辰吉さん、勘弁な」

辰吉のまだ酒の残っている湯呑みへ、酒を注いだ。

「いろいろ気遣っていただいたのですね」

頭を垂れた季蔵は顔を上げると、

「そのお話、喜んでお引き受けいたします」

微笑んで言い切った。

辰吉はほっと胸を撫で下ろしつつも、

「じめじめしていて、蒸す日もある今時分は、美味しい料理を作るのも、保《も》たせるのも大変ですが、やり甲斐《がい》はあります。幽霊の妹さんも含めて、誰が食べてもこれぞという祝い膳を作らせていただくつもりです。冥途《めいど》のとっつぁんも、わたしにとって、よい試練だと喜んでくれていることでしょう」

言い切った季蔵に、

「いよおっ、いい男」

「江戸一、塩梅屋」

「やっ、二代目」

三人は笑いながら声を掛けた。

翌朝、いつものように季蔵が店へ行くと、

「はい、これ」

おき玖が神田明神《かんだみょうじん》のお札を渡してきた。

「日の出を待って行ってきたのよ。あたしと季蔵さん、三吉ちゃんの分も貰ってきたわ」

「お嬢さんは幽霊の祟《たた》りが心配なのですね」

「何しろ、相手は幽霊なんだもの――」

おき玖は眉《まゆ》を寄せた。

「いいのかい？」

「有り難くいただいておきますが、案じることはありません」

季蔵はお札を懐《ふところ》にしまうと、

「美味い料理さえ食べれば、幽霊だって祟らないはずです」

「考えがあるのね」

「これではどうかと思っています」

季蔵は畳んだ紙を片袖《そで》から取り出して広げた。

幽霊御膳
岩もずく酢
茄子《なす》の辛味みそ
夏大根のカラスミ載せ
長芋のふわふわ
葉わさび豆腐
夏のウリと穴子めし
幽霊汁
水小豆《あずき》

「どれも涼しげで美味しそう。食が細くなりがちな今時分には、何よりの御馳走《ごちそう》ね。でも、あたし、どれも食べたことがないわ」

おき玖は首をかしげた。

季蔵の作る料理のほとんどは先代の長次郎譲りである。生前に教えられたものもあるが、長次郎の遺《のこ》した日記に、作り方が記されていることも多々あった。そんなわけで、娘のおき玖は、塩梅屋で作られる、たいていの料理の味を覚えている。

「そのはずです。わたしの家の味なのですから」

「なるほど、それで――」

「すぐ、作りますから召し上がって下さい。まずは岩もずく酢から」

岩場に貼《は》りついて育つ岩もずくは、小指ほどの長さがあるものもあり、二、三度、真水につけて、振り洗いして塩を抜く。熱湯をかけて冷水に放し、よく水を切った後、茗荷《みょうが》の千切《せんぎ》りと胡瓜《きゅうり》の薄切りを載せて、煮切り酒で薄めた酢に昆布《こんぶ》風味の煎り酒を、たっぷりと回しかける。

「上等なひじきのお蕎麦《そば》って感じね。磯の香りって、きっとこういう香りなのね」

「小鉢に残っている酢も飲んでみてください」

「あ、いい味、時季のせいかしら、何ともいえないわ。昆布風味の煎り酒が効いてるのね」

塩梅屋では、長次郎が得意とした、梅を酒で煮だして作る梅風味の煎り酒の他に、季蔵が鰹《かつお》風味、昆布風味、味醂風味の三種を工夫し、料理の素材に合わせて使い分けている。

「次は茄子の辛味みそね」

茄子の辛味みそは、薄く輪切りにした茄子をさらに縦横に切り分け、ぱらぱらと塩を振って、酒で湿らせた昆布の間に挟んで、昆布じめにし、出来上がるのを待つ。

「昨夜、思いついてしめておいたのがあります」

季蔵は白味噌と味醂、砂糖、溶き辛子で、昆布じめにした茄子を和《あ》えた。

「これの決め手は実は辛子ではなく、生の茄子を昆布じめにするという、目に見えない手間だと思うわ。この小さくて薄いのも可愛《かわい》くていいわ。あの世の妹さんは亡くなった年齢のままだもの、喜ぶわよ、きっと」

「母もそんなことを言っていました」

この時季の茄子は種類によっては、皮が柔らかく、昆布じめにしなくても、生をそのまま味噌や酢で和えて食べることができる。ただし、季蔵の生家堀田《ほった》家では盂蘭盆会《うらぼんえ》の供物《くもつ》に限って、茄子の形を変えて小鉢に盛りつけていた。

「何でも、わたしにも、生まれてすぐ亡くなった妹が一人いたのだそうです」

これをあの世のおはじき代わりにして、思う存分、遊ばせてやりたいと言い、念じるように、茄子を切り揃えていた母の姿が思い出された。

四

季蔵の手は清水《しみず》村から運ばれてくる夏大根に伸びた。

「これはとっつぁんの日記にあった、〝カブのカラスミ載せ〟を工夫したものです」

「〝カブのカラスミ載せ〟なら、一口、二口、おとっつぁんに味見させてもらったことがあるわ。カラスミはお酒を呼ぶ代物《しろもの》だから、これ以上は駄目だと言われたのを覚えてる。おとっつぁん、あたしがいける口だって見抜いてたのね」

カラスミはボラの卵巣を塩漬けし、塩を抜いた後、天日干しで乾燥させた珍味である。ほどよく脂肪分が旨味《うまみ》に変わっている、ねっとりと濃厚な味わいは、薄く切り分けるとまさに酒の肴に最適であった。

亡き父親に女に酒は法度《はっと》と言われて育ったおき玖は、今でも普段は盃に口をつけてたしなむ程度だったが、タガが外れて飲み始めると大した酒豪ぶりを発揮する。

「清水村から運ばれてくる夏大根ね」

種を他所《よそ》へ播《ま》いても育たず、板橋宿の先にある清水村でしか出来ないのが清水夏大根で、これは練馬大根等の冬大根に比べても遜色《そんしょく》のない味であった。

季蔵はこの清水夏大根を紙のように薄く、銀杏《いちょう》切りにして一塩《ひとしお》にした。

「これも混ぜてみることにしました」

籠《かご》に伸ばした季蔵の手は、極端に小ぶりな大根の青い茎を握っている。

「あら、ねずみ大根じゃない」

ねずみ大根は辛味大根とも言い、もっぱら信濃路《しなのじ》で作られ、蕎麦屋が薬味に添えれば、まさに市中の夏の風物詩だった。

季蔵は辛味大根を二回り小さい、薄い銀杏切りにして、これにも塩をした。

「まあ、ねずみ大根も夏大根には違いないけど、混ぜて美味しいものかしら？」

おき玖の問い掛けに季蔵はふっと微笑んだだけで、

「おはようございます」

戸口から入ってきた三吉に、

「これを頼む」

カラスミをすり下ろすよう命じた。

あの場に居合わせていた三吉は、季蔵が幽霊御膳の注文を引き受けたことを知っている。

「このぐらい？」

三吉は、人指し指と中指を合わせた位の大きさのカラスミの半分を下ろし終えて手を止めた。

「いや、全部だ。残さず下ろしてくれ」

「へい」

鼻血が出そうな量だと三吉は思った。

「ずいぶんとカラスミを使うのね」

おき玖の記憶にある〝カブのカラスミ載せ〟は、ごく薄く切ったカブにぱらぱらと千切りにしたカラスミが載っていた。

「まあ、一つ召し上がってみてください」

季蔵は銀杏切りの清水夏大根の上に下ろしたカラスミをたっぷりと振りかけて、おき玖に勧めた。

「これ、箸で混ぜるのよね」

よく混ぜて一箸口に運んだおき玖は、

「カブは甘みがあっておとなし目、ぱらぱらと載ってるだけのカラスミの味が際立ってたけど、これは違う。大根はしゃきしゃきしてるだけじゃなく、カラスミに負けない強い風味があるものなんだわ」

「それでは――」

季蔵は別の小皿に清水夏大根と辛味大根、大小の銀杏切りを載せると、さっきよりもさらに大目にカラスミを混ぜた。

「食べてみないか？」

三吉に勧める。

「おいら、カラスミはあんまり――」

三吉はまだ饅頭《まんじゆう》や金鍔《きんつば》に目がない年頃であった。

「騙《だま》されたと思って食べてみろ」

「へい」

三吉は顔を顰めながら箸を使った。

「あっ」

三吉は目を瞠《みは》って、

「あれっ？」

頬を緩めた。

「どうだ？」

季蔵は三吉を見据えた。

「美味《うめ》え」

三吉は勇んで食べ続ける。

「こんな美味えもん、食ったことねえよ」

すべて平らげたところで、

「けど、また、盗み飲みしたくなるんじゃねえかって、よくよく心配になってきたよ」

ふーっと大きなため息をついた。

三吉は雛《ひな》節句の白酒で酒に目覚め、盗み酒をして、きつく季蔵からたしなめられたことがあった。

「あたしにも試させて」

おき玖のために、季蔵はまた、二種の大根とカラスミを混ぜた。

「本当だわ」

ごくりと飲み込んだおき玖は歓声を上げた。

「大根の辛味が程よいのよ。絶妙の混ぜ合わせだわ。風味は清水夏大根で、辛味がねずみ大根。これ以上はないと思われる強い大根の亭主に、見るからに気性の勝ったカラスミの女房が寄り添ってる。風味、辛味、旨味が三拍子揃って最高。これって、もの凄《すご》く、舌にも心にも響く料理だわ。冷や酒も進むこと間違いなし」

「夏大根とカラスミの取り合わせなんて、見たことも聞いたこともなくて、奇妙なのもいいよ。何しろ、幽霊御膳の一品なんだから。これには幽霊も驚いて喜んで腰を抜かすかもしんねえ」

三吉は手を叩《たた》いた。

「ただ、これを食べた後はちょっと一息つきたいところね。お酒が進むのはいいけれど、お腹《なか》にも何か入れてやらないと――。せっかくの祝言ですもの、誰にも具合が悪くなってほしくないわ」

おき玖の言葉を待ち受けていたかのように、

「今度は長芋を頼む」

季蔵は三吉に長芋のすり下ろしを命じると、俎板の上で葱《ねぎ》を小口に切り始めた。

「〝長芋のふわふわ〟？」

どんなものかと見当もつかずに、おき玖は小麦粉を鉢に入れる季蔵を見守っていた。

季蔵は底が平たい大きな鉄鍋を竈に掛けると、すり下ろされた長芋と小麦粉、少々の水を合わせたたねを、鍋の底に掌の半分ほどの大きさに丸く伸ばし、葱を載せて焼く。片面が焼けたところで返し、もう片面に火が通ったところで半月《はんげつ》に畳む。

「後は任せる。たねがあるだけ焼いてくれ」

季蔵は長芋のふわふわにかけるたれに取り掛かった。鰹風味の煎り酒を水で伸ばして、葛粉《くずこ》でとろみをつける。これを半月のふわふわにたっぷりとかけて仕上げる。

「どうぞ」

「まあ、優しいお味」

おき玖は目を細め、

「たしかに腹の足しになるな」

三吉は二箸で半月を食べ終えて、

「これなら、幽霊も二つ、三つ、ぺろりだよ、きっと」

残りのふわふわを目で追った。

「先を急ぐぞ」

季蔵は〝葉わさび豆腐〟に取り掛かった。

「後でふわふわを好きなだけ食べていいから、今は極上の豆腐を買いに行ってくれ」

三吉を走らせると、用意しておいた山葵《わさび》の葉と根をさっとゆでる。葉は刻み、根は細切りにし、醤油が効いた濃いめの出汁《だし》には、味醂風味の煎り酒が半量加えられている。

山葵の葉と根のお浸《ひた》しが出来上がって味見をしたおき玖は、

「意外に濃い味付けだけど、山葵の風味も辛味も生きてる。何より、今頃の味だわ。山葵が葉を繁《しげ》らせている清流が見えるようだもの――」

そこへ三吉が豆腐の入った小鍋を手にして戻ってきた。

季蔵は切り分けて皿に移した豆腐の上に、この山葵のお浸しを品よく盛りつけた。

「出来上がりです」

「これで終《しま》いなの？」

「載せるだけ？」

おき玖と三吉はきょとんとしたが、やがて、葉山葵のお浸しを載せて豆腐を味わうと、

「ああ、清流の音まで聞こえるようよ」

「おいら、今日から、カラスミだけじゃなしに、山葵まで病みつきになりそうだよ」

うっとりとした表情を浮かべた。

最後は飯と汁である。

季蔵は醬油と味醂、砂糖で三枚に下ろした穴子を煮付け、この汁で飯を炊き始めた。その間に胡瓜を小口に薄く薄く切り、茗荷を千切りにしておく。いい匂《にお》いの味付き飯が炊き上がったところで、煮穴子と胡瓜を混ぜ、茗荷を加えて仕上げた。

「しんなりしてる胡瓜の塩梅がいいわね」

おき玖は箸で胡瓜を摘《つま》んで見惚《みと》れ、三吉はただただ忙《せわ》しく掻き込んで、季蔵と目が合うと、

「すいません、腹、空《す》いちまってて」

「まあ、いい。存分に食べろ」

微笑みかけた季蔵は、もう一本用意しておいた清水夏大根を手にした。

「わかった」

三吉はばしっと音を立てて箸を置くと、

「〝幽霊汁〟はおいらにやらせてください」

## 五

三吉は奪い取るようにして清水夏大根を手に取ると、早速、菜包丁を使ってくるりとまず一皮剝《む》いた後、途中で切れないよう、するするくるくると、巧みに大根と包丁を動かした。こうして桂剝きを終えると元の通りに巻き戻し、小口から薄く切って水に放つ。

三吉が張り切ったのは、この素麵《そうめん》大根の桂剝きに、懸命に腕を磨いてきたからであった。

「こいつをやってると、おいら、立派な料理人になれるんだって気がしてくる。やれるんだっていう自信を持てるんだ」

一方、おき玖は、

「幽霊汁って何だろうと思ってたら、何だ、素麵大根のことだったのね。素麵はただ白いだけだけど、白くて透けてる素麵大根はたしかに幽霊を想わせるわね」

季蔵は醬油と味醂、削り節を煮立たせ、漉《こ》して冷まして作る、素麵大根定番のつけ汁を作らずに、戻した干し椎茸《しいたけ》、洗っただけで皮つきの人参《にんじん》、茹《ゆ》でてさっとあくを抜いた牛蒡《ごぼう》、三吉が捨てようとしていた大根の皮を水の入った鍋に入れて、ことことと煮出し始めた。ほどなく、根菜特有のじんわりと温かい風味が立ち上ってくる。汁が半量になるまで煮詰め、塩だけで調味して火を止め、井戸水で冷やした。

冷たい根菜の汁を注いだ深めの器に、笊《ざる》に取って充分に水気を切った素麵大根をするりと浮かして出来上がる。

「根菜の旨味がぎゅっと汁に詰まってて、あっさりしてるのに物足りなくないわ」

おき玖は感心し、

「つけ汁に、浅草海苔《のり》の千切りや山葵なんかを添える普通のだったら、おいら、どうしようかと思って心配してたんだ。それじゃ、見かけが幽霊っぽくても、素麵大根は素麵大根だもの。でも、いったい、この味のどこが幽霊なんです？」

三吉は首をかしげつつ、季蔵を見つめた。

「まあ多少はこじつけだ」

季蔵は苦笑した。

「あたしはわかってる」

「それでは、お嬢さんからおっしゃってください」

「干したのを使った椎茸は秋の食べ物だし、大根や人参、牛蒡なぞの根のものの旬《しゅん》は冬場でしょう？　今は夏だから、汁に使った物は全部時季外れ。この世にいない幽霊みたいに出回ってはいない。それで見かけだけじゃなく、味も幽霊汁ってわけ。悪くない洒落《しゃれ》よ。そうでしょ、季蔵さん」

「何とかお気に入っていただけるといいのですが、くだらない洒落と叱《しか》られるかもわかりません」

最後の甘味《かんみ》は水小豆である。

「洒落た名の甘味ね、如何《いか》にも涼しそう」

「こっちはおいらが得意だ。甘い寒天で小豆餡《あん》をくるんだもんでしょう?」

「あら、それなら葛桜よ」

「あれは漉し餡だけど、水小豆は甘く煮た小豆のままじゃないかと——」

「半分だけ当たっている」

季蔵はすでに煮上げて、ほどよく皮の食感が残るように篦《へら》で潰《つぶ》して鍋に入れ、幽霊汁の出汁同様、井戸水で冷やしてあった小豆とインゲン豆を取り出して、ギヤマンの小鉢に盛りつけた。

「小豆の赤とインゲン豆の白で、赤飯代わりに祝ってみたのです」

「幽霊婚らしい冷やっこい紅白、凄いわ」

「白インゲン豆は練りきり菓子に欠かせないもんだけど、こうやって、舌に皮の触りがあるこれも、またちがった美味さだよ」

「甘く滑《なめ》らかな練りきりが典雅な京の味なら、きりっとしまった水小豆は粋な江戸の味だわ」

「褒めすぎてもらっては困ります」

こうして幽霊御膳を作り上げた季蔵は、試作を樫本喜之助のところへ届けようとしたが、

先方に意向を聞いた辰吉は、

「普通は客のことも考えて、試し食いはするもんだろうが、そこは変わり者の先生、それには及ばねえってよ。試しに食べてちゃ、当日の楽しみが無くなるんだそうだ」

眉を寄せた。

瓦版を賑わせている幽霊婚は、天下祭りが終わった翌日に行われる。瓦版屋は当世一の人気怪談作家である樫本喜之助が、四ッ谷にある貧乏寺を借り切り、本堂や客間の畳や襖《ふすま》は言うに及ばず、池や庭木にまで大枚を投じて、祝言を挙げるのにふさわしい場所に整えるべく、職人たちを雇い入れているという話を聞きつけていた。

「大事になってきた。大丈夫かね」

訪れる辰吉の顔色はあれからずっと優れなかったが、

「ようは一本勝負ってことね。でも、これで樫本喜之助が季蔵さんの料理を気に入れば、きっと、この塩梅屋の名も上がるわけよね」

おき玖は自信満々であった。

当日の昼前に、季蔵は三吉を連れて、今や貧乏寺には見えない龍生寺《りゅうしょうじ》の山門を潜《くぐ》った。示し合わせておいた段取りで、幽霊御膳の仕込みを続けていく。

「よろしくお願いしますよ」

庫裡《くり》を訪れた樫本喜之助は、噂《うわさ》通りの粋な美丈夫《びじょうふ》だったが、目の下の隈《くま》が際立って見えた。

「毎日のように夜っぴいて書かされているんです。今時分は怪談が引っぱりだこだから、このところ、版元が眠らせてくれないんですよ」

げっそりと削《そ》げた頬に手をやって、

「でも、まあ、わたしは男だから勘弁してもらうことにします。花嫁のお露の方はそうもいきません。何しろ、わたしたちの祝言は前代未聞の幽霊婚ですから、お露は妹お玲の分も一世一代の晴れ姿をお見せしたいと張り切っています。支度に相当手間取りそうなので、皆さんには格別な茶なぞ振る舞っておいてください」

疲れた後ろ姿を見せ、そそくさと庫裡を出て行った。

「困った」

季蔵はうーんと唸って腕組みをした。

「えっ？　何で？」

三吉には何が何だかわからない。

「喜之助さんは、宴《うたげ》の前に茶をお出ししてほしいと注文なさった」

「そりゃあ、花嫁ともなれば、支度が手間どるからだろうし、出すのは茶でしょう？」

「喜之助さんは、花嫁のお露さんが実際の支度に手間どらなくても、幽霊の妹お玲さんにかかる支度の分も見越して、宴は決まった刻限には始まらない、と言いにおいでになったのだ。茶にも工夫するように――」

「祝言の茶なら桜茶？」

桜茶は塩漬けにした桜花に湯を注いだもので、祝言には付きものであった。

「あの時、お嬢さんの言う通りにしておきゃよかったですね」

おき玖は、何はともあれ、祝言なのだから、桜の塩漬けを準備して行くようにと忠告したが、

「幽霊婚なので、茶の方がふさわしいかと思います」

季蔵は譲らなかった。

「桜の塩漬けなら、おいら、ひとっ走り行って買ってくるよ」

「そうじゃない」

季蔵はやや声を荒らげて、

「喜之助さんは格別な茶をとおっしゃった」

眉を寄せた。

「まさか、茶でも桜茶でもないものを出せってえんですかい？」

「幽霊茶なら、幽霊婚にふさわしい」

「季蔵さん、幽霊茶を知ってるの？」

季蔵は首を横に振った。

「だったら、この勝負、最初から負けと決まっちまってるようなもんじゃないですか」

三吉がぴんと眉を上げ、顔を真っ赤にして、

「酷《ひで》えよ、酷えよ」

身体を捩《よじ》らせているところへ、

「お邪魔しますよ」

お露と思われる、瓜実顔《うりざね》に鼻筋が通ってすらりと姿のいい女が入ってきた。

「お世話をおかけしますねえ」

お露の微笑みはあたかも天女のようでありながら、濃厚な色香を漂わせている。

「皆さんのおかげで今日という日が迎えられました。喜之助さんのところに掃除、洗濯で雇われていたあたしみたいなもんが、一緒に住まわせてもらってるだけでも有り難いのに、晴れて女房にしてもらえるなんて、夢みたいで──今でも、こうして──」

お露は肌理《きめ》の細かい白い頬を餅のように抓《つま》み上げて、

「時折、捻ってみないと本当だとは思えないほどです。この年齢《とし》で、妹の分まで、祝言を挙げてもらえるなんて、あたしたちは果報者です。そうそう、昼餉《ひるげ》は八百良《やおりょう》から黒稲荷《いなり》が届くので、どうか、ここらで一息入れてください」

無駄に年齢を取ってきていない大年増らしく、よく気がついて愛想がよかった。

六

黒砂糖と酒、醤油で油揚げを煮含める黒稲荷は、八百良ならではの逸品であった。三吉は、あっという間に一折平らげて、

「わたしの分も食べていいぞ」

季蔵が残した半分もうれしそうに食べた。

「腹が膨《ふく》れると腹も立たなくなるものだ」

「たしかにそうだね」

「さて、行くとするか」

「どこへ？」

「草集めだ。この寺は昔、住職が薬草を育てていたと聞いたことがある。幽霊茶にできる種を見つけられるかもしれない」

「せんぶりなんか見つけても――」

三吉は苦くてたまらない顔になった。当薬《とうやく》とも言われるせんぶりの茶は、腹下しの治療に盛んに用いられるが、並みの苦さではなかった。

「幽霊御膳の一品目の、岩もずくにすっと寄り添うようでないと――」

「つまりは、匂いも味もいいものに限るってことだよね」

内心、三吉はそんなものが見つかるはずはないと思っていて、

――その時は季蔵さんに意地を捨ててもらって、桜の塩漬けを買いに走るしかない。喜之助さんはなーんだという顔をするだろうけど、お客さんたちは、得心がいくはずだ。何しろ、幽霊婚だ、何だと言ったって、祝言は祝言、祝言に桜茶は付きものなんだから――

厨の勝手口を出た季蔵は、すたすたとさらに裏手へと歩いて行く。

「それにしても、広いな」

三吉は呟いた。

　植木職人たちが整えたのは、山門を入ってすぐの境内《けいだい》と客間に臨む中庭と池だけで、裏庭は鬱蒼《うっそう》と草木が生い茂ったままである。

「こんなところに、薬草園の跡なんてあるんですか？」

　応えずに先を歩いていた季蔵が不意に立ち止まった。

「これだ、これだ」

　草丈《くさたけ》は四尺（約百二十センチ）ほどの紫蘇《しそ》に似た葉を一枚摘んで、紙のように千切《ちぎ》ると、ふわーっと、えも言われぬ涼やかな香りが漂ってきた。

「おっ、ハッカ飴」

　思わず三吉は叫び、季蔵に倣《なら》って目の前の葉に手を伸ばした。

「こいつ、ハッカ草だったのか。でも、どうして、季蔵さんはここにこれがあるってわかったんです？」

「朝、山門から入ってきた時、向かい風が吹いていただろう。あれにほんのりとハッカの香りが混じっていた」

「おいら、饅頭や黒稲荷の匂いじゃないんで、ちっとも気がつかなかった」

「おまえぐらいの時はそんなものだろう」

　季蔵は面目なさげな三吉に微笑み、

「これを摘んで煮出し、幽霊茶を煎《せん》じてみようと思う」

早速、二人して、ハッカの葉を籠が一杯になるまで摘んだ。

夕刻近くになると、紋付羽織袴《はかま》姿の客たちが続々と山門を潜った。喜之助は人気作家だけあって、つきあいも広く、また、評判になっている幽霊婚とはどんなものかと覗《のぞ》いてみたいという好奇心も手伝って、大店《おおだな》の主や戯作者仲間たち等の招待客たちの顔は、興味津々といったところである。

まだまだ蒸すねえと扇子で扇《あお》ぎ合いながら、

「幽霊婚の祝い膳は幽霊御膳だろう。どんな趣向が凝らされているかと、楽しみでならないよ」

「花嫁は生身と幽霊の二人だというじゃないか。綺麗な幽霊花嫁を拝むことができるかもしれない」

「幽霊じゃないお露って女も、大年増ながらなかなかの別嬪《べっぴん》だそうだよ」

「いいねえ、今宵《こよい》はたっぷり食い気と色気を味わえる」

などと口にしている。

宴は本堂で行われる。

支度を終えた喜之助が、

「これはこれは皆様、わたくしどもの祝言によくお越しくださいました。すでにお露の支度は済みましたが、幽霊の妹がまだまいっておりません。今しばらく、お待ちくださいますよう」

詫《わ》びを兼ねて挨拶をすると、控えている廊下の季蔵たちに目配せした。

「幽霊茶でございます」

季蔵は三吉と手分けして、沸かした井戸水で淹《い》れて、冷茶に倣って冷やしたハッカ茶を配った。

「お、ハッカの香り」

「おかげで汗が引いたよ」

「まさに幽霊茶だ」

「端《はな》から手が込んでる」

客たちが口々にため息をつくと、

「何しろ、今宵は幽霊婚でございますからね」

喜之助は自慢げに胸を反《そ》らし、季蔵に目で笑いかけた。

「人気作家かもしんないけど、ずいぶんと勝手なもんだね」

庫裡に戻った三吉はむくれて、

「これじゃ、辰吉さんも頼みにくかったはずだよ」

「たとえどんな難題であれ、お客様のお好みに添うのが料理人の務めだ」

言い切った季蔵は、

「とはいえ、今回はたしかにきつい。難儀をかけてすまんな」

三吉をねぎらうと、境内に出た。大きく伸びをする。これから、喜之助がぎらぎらと目を光らせている、長い勝負に挑まなければならない。景気づけが必要であった。

「やるぞ、一本幽霊勝負」

呟いたつもりが大声になった。

「その声は季蔵さん」

季蔵があたりを見回すと、披露宴が行われる本堂を目の前にして立っている辰吉の姿があった。

喜平から紋付羽織袴を借りたという辰吉は、棒を呑んでいるかのように緊張している。

「辰吉さん、幽霊の妹お玲さんの支度が出来次第、宴が始まります。入らないのですか?」

「足がすくんじまってなあ――」

今にも辰吉はその場にへたり込みそうである。

「はらはらしながら、客があんたの料理を食うのを見るのはたまらねえよ。そもそも料理なんてものは、人それぞれ好みもあるし、何のかんのと因縁《いんねん》がついたら、喜之助にもあんたにもいいことなしだ。気が揉《も》めるったらない。それに何より、花嫁の隣りに幽霊が座るってえのが、俺はどうもね――、気味が悪くて生きた心地がしねえ。食い物も酒も喉《のど》に詰まっちまう。あんたに料理を頼んだ以上、すっぽかしゃ、男がすたるって、ご隠居に説き伏せられて、こいつを着せられて、這《は》うようにしてここまで来たんだが――」

これでは到底、祝いの席を楽しむことができないと察した季蔵は、

「それでは一つ、庫裡を手伝っていただけますか?」

水を向けると、

「ほんとうかい」

辰吉の目がぱっと輝き、

「そりゃあ、有り難い」

ほいほいと庫裡までついてきた。

「何で辰吉さんが？」

三吉は目を丸くしたが、事情を聞かされると、

「わかりますよ、その気持ち。手伝って貰えるのも有り難いし」

にっと笑った。

「何でも言ってくれ。鰹節は足りてるかい？　俺は大工だからね、切るのも削るのも朝飯前だ」

辰吉は素早く、紋付羽織袴を脱ぎ捨て褌《ふんどし》一つになった。

「汚しちゃいけねえからな」

「それではまず胡瓜を薄切りにしてください」

辛子みそに合わせる茄子は、すでに薄切りにして昆布でしめてあったが、穴子めしに使う胡瓜は、穴子汁で飯を炊き始める少し前に薄切りにしなければならない。三吉が辰吉に胡瓜と菜包丁を渡した。

「合点」

張り切って取り掛かった辰吉が切った胡瓜は、親指の先ほどの厚みで薄切りとはほど遠い。

「頼んだのは薄切りなんだけど」

困惑する三吉に、

「薄切りにはしたつもりなんだが——どうにも胡瓜は材木と違って切りにくいよ」

しょんぼりと肩を落とす辰吉に、

「もう少し、下ろしカラスミが要《い》るので、お願いします。ただし、下ろし金の使い勝手は鉋《かんな》と多少違うかもしれません」

季蔵が下ろし金と残っていたカラスミを渡すと、

「木に当てて削るのが鉋なら、こいつはカラスミの方から削られに行くって寸法だな。ふむふむ、これなら、しくじらねえ気がする。どっちもそっと優しく素早くだよ」

辰吉は瞬《また》く間にカラスミ一腹を下ろしきった。

するとそこへ、

「幽霊の妹お玲はまだ着いていないのですが、これ以上お待たせしては、お客様方に申しわけないので、そろそろ幽霊御膳を運んでください。もちろん、お玲の分も料理をお願いします」

喜之助が顔を出して、あわてた辰吉は紋付きを取り上げ前を隠した。

七

幽霊婚の祝い膳は、ことのほか客たちを喜ばせた。酒好きは夏大根のカラスミ載せを、惜しくてならないという様子でちびちびと箸で摘んで、

「料理屋でなら代わりをとっくに頼んでるところだが、祝い膳ともなれば、そんな無粋《ぶすい》もできない」

苦く笑い、下戸《げこ》の客たちは、

「長芋のふわふわ、こんな優しい料理に遭ったことがない。こりゃあ、冥途を通り越して極楽料理だよ」

絶賛した。

「これを拵えてくれてるのは、いったい誰なんだ？」

とうとう季蔵が呼ばれた。

「日本橋は木原店で一膳飯屋塩梅屋を商《あきな》っている季蔵でございます」

「涼み船は夏だけの短い楽しみだ。是非とも、お客様をもてなす涼み船の上でこの料理を出しておくれ」

「うちも頼むよ」

「いやいや、うちが先だ」

十日に一度は大川に屋形《やかた》船を浮かべて、豪勢な舟遊びを楽しんでいるという、大店の主

たちが競って頼んできたが、

「今年の夏の出張料理は、この幽霊御膳で打ち止めにしたいと思っています」

季蔵はきっぱりと断った。たった一度の祝言のためだけに祝い膳はあるのだと思っている。

「せっかく引き立ててやろうというのに、商売っけがないねえ」

「たかが料理じゃないか、融通を利かせてほしいものだ」

季蔵を呼びつけた主たちが不満を口にして、一座はしんと静まり返った。花婿の喜之助はしきりに目まぜして、断らずに引き受けろと促しているが、季蔵は応えない。

「それにしても、まだおいでではないのですね」

離れた席で喜之助に声が掛かった。

ふくふくと恰幅《かっぷく》のいい、四十代後半のおっとりと上品な顔が、花嫁の隣りの空いた座布団を見つめている。

「これは山本屋《やまもとや》光右衛門《こうえもん》さん」

喜之助はこれで話が逸れたとばかりに、ほっと緊張を緩ませて笑顔を向けた。

山本屋は霊岸島《れいがんじま》長崎町にある老舗《しにせ》の骨董屋《こっとう》で、先代の頃からは唐物屋《からもの》も兼ねて商いを広げている。当代の山本屋光右衛門は、幽霊画を集めるなど怪談好きで知られていた。

「わたしは幽霊の花嫁はまだかと気になってなりません」

光右衛門はまだ幽霊の席から目を離さない。

「そろそろのようですよ」

さすがに白無垢《むく》は避けて、黒地に松竹梅を染め抜いた晴れ着を纏《まと》ったお露は、もう何刻も花嫁人形のようにじっとしていて、目を伏せたままでいる。喜之助に相づちをもとめられると、微《かす》かに首を縦に動かした。

「時が経ってしまっても、料理は大丈夫なのですか？」

光右衛門の視線は幽霊のための膳に移った。

「取り替えましょう」

季蔵が膳を持ち上げて廊下に出ると、追いかけてきた喜之助が、

「幽霊の膳は料理を全部出し終えてから調えてくれ。その頃、冥途からお露の妹お玲もここへ来ることになっているから」

と告げた。

「わかりました」

これを聞いた三吉は、

「ようは読み物の筋書きみたいなもんなんだろ。幽霊の花嫁なんてほんとに来るのかな？」

むっとしつつ、首をかしげたが、

「幽霊は花嫁であれ何であれ、いないにこしたことはねえよ」

辰吉は胸を撫で下ろした。

料理は水小豆の甘味で仕舞いとなり、これに合わせた茶は、宇治茶とハッカの葉を一緒

に煎じた、熱いハッカ宇治茶で、

「これもまた幽霊茶だ」

「茶も料理のうちとは、このことだな」

客たちは手を叩いた。

季蔵は喜之助に言われた通りに、一人分の膳を調えて花嫁の隣りに置いた。ちらとその膳に目を走らせた喜之助は、

「それでは皆様、大変、遅れましたが、幽霊の妹お玲が今、まいりましたので、早速、このお露に支度を手伝わせることにいたします。わたしは幽霊の妹とも盃を交わさねばなりませんので、途中、失礼いたしますが、どうか、ごゆるりとなさって、その時は三人が戻るまでお待ちくださいませ」

「ハッカ宇治茶のお代わりをどうぞ。水小豆の甘味もまだ多少はございますが、御酒の方がよろしいかもしれません」

季蔵は茶菓や酒を勧めた。

半刻（約一時間）ほどして喜之助が立ち上がると、廊下に控えている季蔵に耳打ちして、

「四半刻（約三十分）で必ず戻る」

お露が先に行った支度部屋へと歩いて行った。

この後、季蔵は茶菓や酒の追加を忙しく庫裡へと告げつつ、時を過ごした。

「酒にはやっぱり、あれ、夏大根のカラスミ載せだ。あれ、あれを出してくれ」

呑み助たちに酔眼《すいがん》で迫られると、これもまた、急いで三吉が清水夏大根を薄切りにして、辰吉にカラスミ下ろしに励んでもらうしかなかった。

「まるで、祝言が一膳飯屋になっちまったが、おっかない幽霊が出てくるのよりはずっといい。もう、大丈夫だろう。よし、一つ、俺もあやかるとするか」

ぐいと湯呑みを傾けた辰吉は、この日、初めて、酒を口にした。幽霊に追いかけられた時、酒など飲んでいては足を取られて、逃げられないと警戒していたのである。

すぐに酒に呑まれる性質《たち》の辰吉は、酒が入ると人柄が変わり喧嘩っ早くなる。

「幽霊、幽霊って、さんざん脅しやがって、面白くもねえ。どうせ、正体みたり、枯れ尾花なんだろう。人を馬鹿にするのもたいがいにしろ。こうなったら、この俺がそいつの化けの皮をひんむいてやるぞ。そいつじゃねえな、喜之助と女房だったか――」

こめかみに青筋を立てた辰吉は、よろよろとした足どりで、庫裡の戸口を開けて出て行った。

それからほどなくして、

「大変だあ」

宴が催されている本堂で客たちの悲鳴が聞こえた。

季蔵が駆けつけると、

「押し込みだ」

「殺される」

「こうしてはいられない」

「逃げろ」

「待ってくれ」

我先にと、客たちが本堂の扉の前で押し合っている。いち早く境内に飛び出した客たちは、白足袋《たび》のまま山門へと突進していた。まさに火事騒動さながらの様子であった。

「どうしたのです？」

季蔵はひっくり返った膳と飛び散った皿小鉢の間に、呆然と立ち尽くしている辰吉に話しかけた。

「俺が喜之助が死んでるって、見てきたことを話したら、こうなったんだよ。何しろ、幽霊が怖かったもんだから、誰かに話さずにはいられなかったんだ」

庫裡に戻って、先に自分たちに話してくれたらよかったのにと、季蔵は思わないでもなかったが口にはしなかった。

「押し込みというのは本当ですか？」

「支度部屋で喜之助が倒れてて、もう息をしちゃあいなかった。その後、気がつくと、影みてえに黒いもんがお露をひっ抱えて、客間から池のある中庭へ消えてった。あれは幽霊だよ、間《ま》違《ち》えねえ、お露の妹のお玲だ。そもそも、いくら怪談で身過ぎ世過ぎしてるからって、静かにあの世で暮らしてる幽霊を呼び出すなんて、よくねえ心がけじゃねえか。そいで、幽霊の妹は怒ったんだよ。喜之助はきっと幽霊の罰《ばち》が当たって死んだんだ」

「皆様――」

　季蔵は声を張り上げた。

「喜之助さんが亡くなられたことは事実のようですが、押し込みによるものではありません。どうか、気を鎮められてください。ゆっくりお帰りになって大丈夫です」

「押し込みでないとすると何なのだ？」

　客の一人が鋭く訊いた。

「お役人においでいただいていないので、まだはっきりとは申し上げられませんが、急な病によることも考えられます」

「病？　あんな元気だった人が？」

「ですから、急な病と申しました」

「それじゃ、花嫁のお露さんを掠《さら》ってったたっていうのは誰なんだい？」

　その客は辰吉を見据えている。

「ゆ――」

　言いかけてあわてて両手で口を塞《ふさ》いだ辰吉だったが、

「やっぱり幽霊か――」

「幽霊だって？」

「幽霊の仕業か――いかん、ここにいては取り殺される」

「ならば、なおさら、早く逃げなければ」

騒動は一時おさまったかに見えたが、再び、大勢の人の足が膳を倒し、皿小鉢を踏みつけた。

　　一

　するとそこへ、

「喜之助《きのすけ》さん、幽霊に殺されたんだって？」

　庫裡《くり》から三吉《さんきち》も駆けつけてきた。

「やっぱり幽霊が悪さをしたんだな。怖いよ、怖い。おいら、ここにいるのが怖くてたまんねえ」

　泣きそうな顔で今にもへたり込みそうな三吉に、

「松次《まつじ》親分に報《しら》せてきてくれ」

　季蔵《としぞう》は頼んだ。

「うん」

　ほっと三吉は息をつくと、庫裡の勝手口へと向かった。

　三吉を見送った季蔵は、死んでいる喜之助を確かめようと支度部屋へ行こうとした。

「辰吉《たつきち》さん、もう一度、喜之助さんのところへ——」

「い、嫌だよ。妹の幽霊がまだそこにいるかもしれない」

「お露《つゆ》さんを掠《さら》ったのが妹さんの幽霊なら、もう、喜之助さんのところにはいないはずですよ」

「そういや、そうだな」

辰吉は渋々ついてきた。

支度部屋で前のめりに倒れている喜之助は、口から血を流して事切れていた。

「さっき辰吉さんが見た時と変わりありませんね」

念を押すと、

「そうだ、この通りだった」

「お露さんが掠われるのを見たのは、ここを出た廊下でしたね？」

「うん、この隣りの花嫁の支度部屋からだった。死んでる喜之助を見て、俺があわてて廊下に飛び出したところ、黒装束の奴が花嫁を抱きかかえて出てきたんだ。花嫁はぐったりしてたな。こりゃあ、いけねえ」

辰吉はぎくりとして目を見開くと、

「あん時、もう、とっくにお露も幽霊に殺されてたのかもしんねえ」

「今、お露さんを掠って行ったのは黒装束の奴と言いましたね」

「そうだ」

「辰吉さんは前には黒い影を幽霊と言い、今は黒装束を幽霊と言っています。いったいどちらが本当です？」

「ええぃ、そんなもん、どっちだって同じだろうが——」

辰吉は口をへの字に曲げた。

「普通、幽霊は白装束です。黒い影と言ったのは言い間違いで、実は頭巾《ずきん》を被《かぶ》った黒装束の人だったのではないかと思うのです。とかく、幽霊を怖がっていると、黒装束でもこの世のものならぬ、怪しい影に見えるものです。そんな様子の黒装束なら、忍びや盗賊——」

「そういや、廊下の板敷きが鳴る音がしてた」

「足音ですね。足があるなら間違いなく人です」

「ってえことは、こいつは押し込みの仕業ってことかい？」

幽霊ではないとわかると辰吉は俄然《がぜん》元気を取り戻した。

「しかし、ここに金目《かねめ》のものはありますか？」

「寺で挙げる変わった祝言だからってことで、大事な御祝儀は、先に喜之助の家に届けることにした客が多いとは聞いてた」

「たいした御祝儀も当てにできないここに、どうして押し込みが入るんです？」

「喜之助が恨みを買ってたってえこともあるぜ」

「それはあり得ます」

「だったら、早く、お露を探してやんねえと。何とか、間に合うといいんだがな」

辰吉は季蔵と共に黒装束が走った廊下を辿《たど》った。

「客間に入ってったから、中庭に出たんだろうと思ったんだが——」

二人は土の上についている足跡を見つけて進んだ。

その足跡は裏庭の古びたお堂の前で途切れていたが、別の足跡がお堂を一回り、二回り、数限りなく回っている。

「仲間がいるのかね」

辰吉が身構えた。

するとお堂の裏手から人影がぬうっと近づいてきて、

「さっきからこうして見張っているんですが、幽霊はいっこうに出てきてくれないのです」

口を開いたのは怪談好きの骨董《こっとう》屋の主《あるじ》山本屋《やまもとや》光右衛門《こうえもん》であった。

「幽霊の花嫁を待っていて厠《かわや》に立った時、いい風がそよそよと吹いて、幽霊茶と同じ匂《にお》いが漂ってきましてね、誘われるように裏庭へ足が向いたんです。そうしたら、目の前を黒い影が横切って、何と白無垢《むく》姿の花嫁が横抱きにされていて——わたしはこれはてっきり、お露さんの妹の幽霊にはあの世に亭主がいて、この世に出てきて、婚礼を挙げるというのに腹を立て、奪い返しに来たんだと思ったんです。どうです？　喜之助怪談さながらの、なかなかの筋立てでしょう？」

光右衛門は満足そうに鼻の脇を掻《か》いて、

「黒い影と白無垢の花嫁はお堂の中に入ってしまいました」

「つまり、幽霊の夫婦を見張っていたというわけですね。ただし、幽霊の夫婦ならば、そのまま消えてしまったとしてもおかしくないはずですが――」

「そうも思いましたよ。けれど、ここから離れられなかったのは、もしや、出てくるようなことがあって、見逃しでもしたら残念でならないと思ったからです」

「あんた、お堂の扉を開けてみようとは思わなかったのかい？」

自分なら幽霊も押し込みも怖いが、やはり、開けてみずにはいられないだろうと辰吉は思った。

「睦《むつ》み合ってでもいたら、幽霊に申しわけないですから」

光右衛門は真顔で答えた。

「開けてみましょう」

季蔵は錠前が朽ちて外れている扉の前に立った。

「野暮《やぼ》はお止《よ》しなさいよ」

止めにかかった光右衛門は、

「野暮もへぼもないんだよ」

喜之助が死んでお露が掠われたことを辰吉に告げられると、

「信じられない、信じられない、幽霊がそんな酷いことをするなんて、信じられない。第

一、この世とあの世で夫婦になろうとしていた、恋敵《こいがたき》の喜之助さんを殺して、わざわざあの世に呼んで、いったい、何になるというんです？」
頭を抱え込んでしまった。

「待たせたな」

岡っ引きの松次の声がした。

ずんぐりと背が低く、四角い顔に金壺眼《かなつぼまなこ》の松次は、江戸八百八町、どこででも行き交いそうなありふれた中年者であった。

「こんな夜分だってえのに、わざわざ田端《たばた》の旦那にまでおいでいただいたんだ」

松次は長身の北町奉行所定町廻《じょうまちまわ》り同心田端宗太郎《そうたろう》を拝むように見上げた。

「恐れ入ります」

季蔵は深々と頭《こうべ》を垂れた。

「三吉はとんだ幽霊騒動だと申すばかりで要領を得ない。事の次第を申せ」

塩梅屋《あんばいや》では寡黙な酒豪でしかない田端も、お役目となると鋭く勘所《かんどころ》を突いてくる。

「幽霊騒動ではなく、これは人殺しです」

季蔵は喜之助殺しからここまでのことを話した。

「ならば、幽霊を騙《かた》って花婿を殺した上、花嫁を掠った不届き者はここに逃げ込んでおるというのだな」

田端はお堂の扉を睨《にら》みつけて、

「手燭《てしょく》用意の上、しかと開けよ」

「はい」

辰吉が手燭を本堂から持って来ると、季蔵は観音開きの扉を両手で摑《つか》んで一気に引き開けた。

「あれは誰だ？」

田端は、扉近くの土間に横たわっている、白無垢姿の女に顎《あご》をしゃくった。

「掠われたお露さんに間違いありません」

季蔵はすぐに駆け寄って息を確かめた。お露は規則正しく息をしていて、気を失っているだけであった。

「お露さん、お露さん」

呼びかけると、やっと目を開いて気づき、

「ここはいったい？」

恐ろしそうに辺りを見回して、

「きっとここに連れて来られてたのね。目の前で喜之助さんが血を吐いて倒れ、あたしは後ろから誰かに、羽交い締めにされて担ぎ上げられて——ああ、それから先はもう覚えてない——。あの後、喜之助さん、いえ、うちの人はどうなったんです？」

季蔵が言葉に窮《きゅう》していると、

「大丈夫だよ」

辰吉が代わりに応《こた》えた。

「大丈夫だから、あんたはしばらくまた、目をつぶって休んでた方がいい」

「中を調べねば」

田端と松次がお堂の奥へと入り、季蔵、光右衛門が続いた。

几帳面《きちょうめん》で労を惜しまない松次は、足跡は言うに及ばず、柱の傷や天井の染みにまで目を凝らして、

「旦那、他に誰かいた気配がまるでありやせんや。花嫁を掠った奴は何一つ、手掛かりを残してやせん」

ため息をついた。

二

「相手は幽霊ですから、どこでどう消えても不思議はないはずです」

ぽつりと呟いた光右衛門に、

「あんたは霊岸島長崎町の骨董屋山本屋じゃないか。ところで、大店《おおだな》の主ともあろうあんたが、どうして、こうしてここにいるんだい？」

気がついた松次の目は三角に尖《とが》った。

「ああ、あの花嫁は幽霊ではなく、お露さんだったのだな。見間違った」

光右衛門は残念そうに呟《つぶや》くと、自分が居合わせている理由《わけ》を話した。

「幽霊の夫婦が出てきたら、亭主の方に、これはこの世の義兄の余興だ、名うての怪談作家なのだから、こんな遊びもしようがないじゃないかと、言い聞かせて許してもらい、お露さんの妹ともどもあの世へ見送るつもりでした。わたしはこれほどの幽霊好きなのですから、先方だって憎くは思わず、素直に聞き入れるはずです。そうなれば、幽霊もこの世で悪さをせず、四方八方丸くおさまるのではと――。まさか、喜之助さんが殺されて、お露さんがこんな目に遭っているとは――」

「ところで、なにゆえ、お露さんを幽霊だと思い込まれたのでしょう？」

季蔵はじっと光右衛門を見据えた。

「それはもう、幽霊好きが高じまして――」

さすがに相手はバツの悪い顔になった。

「白無垢を白装束と間違えたのですか？」

「それもございましょうが、何しろ、血の気のない真っ白な顔で――。よくよく思い出してみれば、ここの入口で倒れていたお露さんと同じでした。あの時も似ているとは思ったのですが、妹の幽霊なら似ているのが当たり前だと思いました」

この後、客間の座布団を列《なら》べた、急ごしらえの布団の上に移されたお露は、

「あたしの故郷《くに》にはたしかに幽霊婚というものがございまして、幼くして死んだ兄弟姉妹を祝言の席でも供養する習わしがございます。その話を喜之助さんにしたところ、〃これは面白い、怪談仕立てで祝言ができるぞ。世間が沸いて、ますます樫本《かしもと》喜之助の本が売れ

て名が上がる〟と喜んで、あたしたちも幽霊婚を挙げることになったんです。正直、あたしは気乗りがしませんでした。あの世の人をこの世に呼ぶなんて、滅相《めっそう》もない罰当《ばちあ》たりに思えたからです。でも、喜之助さんは凝《こ》り性《しょう》の上、言い出したらきかない男《ひと》で——。この寺の修繕をはじめ、衣装や御膳の手配等、どんどん幽霊婚の話が進んで行ったんです。花嫁衣装を黒地のものと白無垢、二通り着るというのも喜之助さんの案でした。もちろん、こんないい年齢《とし》のあたしは、いい笑い者になると思い、恥ずかしいだけで嫌でしたが、喜之助さんに、〝後で着る白無垢は、幽霊の妹お玲《れい》が着て現れるという趣向だ。おまえは綿帽子を被ったままで、ただただ妹の幽霊のふりをしていればいいのだ〟とごり押しされてしまったんです。それがこんなことになるなんて——。あれでも、喜之助さん、優しいところを見せるのが下手でしたから、幽霊婚にかこつけて、あたしに晴れ着を二枚も着せてくれようとしたんじゃないかって、今は思えて——」

泣き崩れた。

お露のこの話を季蔵から聞いたおき玖《く》は、

「こんな風に相手に死なれてしまったら、さぞかし、たまらないでしょうね。お露さんの今後が心配だわ」

しみじみと思いやった。

松次と田端が塩梅屋を訪れたのは、翌々日の昼過ぎであった。

「旦那、親分、お役目ご苦労様です」

おき玖は早速、田端には冷やの湯呑《ゆの》み酒を、松次には甘酒を用意した。

「お腹はいかがです？」

お上の御用を務める同心や岡っ引きの役得の一つは、市中での無銭飲食であった。塩梅屋とて例外ではない。

「たいして空《す》いてはいねえが、適当に見繕《みつくろ》ってくんな」

松次と田端はなぜか、ここへは今ぐらいの刻限に姿を見せる。

「ここの賄《まかな》いが気に入ってるんだよ」

甘酒を酒代わりに飲む下戸《げこ》の松次は、並外れた食通でもあった。

「炊きたての飯に産みたての卵を溶いて煎り酒と山葵を入れた卵かけ飯は、美味いが、でも、ちょいと飽きたかな」

「今日は違います」

季蔵は朝炊いて櫃《ひつ》に移してあったご飯を、松次の分だけそっとよそって前に置いた。もとより田端は昼酒が飯代わりである。

「冷や飯か」

松次は眉《まゆ》を寄せた。

「このところ、暑さが厳しいですから、こんなもので、涼んでいただければと思いまして」

季蔵は二人の好みに合わせて急いで拵《こしら》えた辛味《からみ》蒟蒻《こんにゃく》を、藍色の小鉢に盛りつけて出した。

「こいつはいいや」

松次は自分好みに調味してある辛味蒟蒻に箸《はし》を伸ばして、

「たっぷりとすり胡麻《ごま》をきかしてくれてるんで、辛いのは気になんねえが、味はしっかりついてる」

相好《そうごう》を崩した。

季蔵はこの二人のために、辛味蒟蒻の味付けを変えていた。醬油《しょうゆ》と味醂《みりん》の味つけをやや濃いめにして、田端の分は唐辛子の輪切りを増やす。

これを田端は仇《かたき》のように何鉢も肴《さかな》にするのだったが、この辛味蒟蒻も含めて、料理についての感想を洩《も》らすことは稀《まれ》だった。松次の方は濃い味付けは田端と同じだが、唐辛子を控え、すり胡麻の甘みでこくを出す。

「喜之助が死んだ理由がわかった」

好物なはずの激辛の辛味蒟蒻の鉢を見据えたまま、田端が話し始めると、いそいそと動いていた松次の箸が止まった。

「何ゆえでございましたか？」

季蔵は二人の間にただならぬ緊張を感じた。

「奉行所と懇意の医者が喜之助の骸《むくろ》を調べたところ、口に差し込んだ銀の匙《さじ》が黒く変わった。まずは石見《いわみ》銀山鼠捕《ねずみと》りを盛られたのではないかと思われる」

田端は射るような目を季蔵に向けた。

「あの夜の祝い膳に、毒が仕込まれていたのではないかとお疑いなのですね」

季蔵の言葉に、

「そんなこと、あるわけないでしょうに」

仰天したおき玖が口走った。

「疑いはまずおまえにかかった。常に料理の近くにいたからだ」

田端の声は冷ややかである。

「料理を仕切っておりましたのはわたしですので、致し方のないことと思います」

季蔵は目を伏せて、

「奉行所での詮議《せんぎ》は覚悟いたしておりますが、ここでお縄をいただくのはお許しいただけないものかと――」

すると三吉が、

「嫌だ、嫌だよ、季蔵さんがお縄だなんて。料理のそばには、おいらだって居たんだ。季蔵さんをお縄にするんなら、おいらにも縄をかけてくれ」

地団駄《じだんだ》踏んで、泣き声ともつかない大声を上げた。

「何を言い出すんだ、三吉」

窘《たしな》めた季蔵と、まだ板場を踏みならしている三吉を、

「慌てるな。今すぐ、おまえたちを縄にかけるなどとは言っていないぞ」

田端は一喝して、するすると蕎麦《そば》のように小鉢の辛味蒟蒻を啜《すす》り込むと、残っていた湯

呑みの酒をぐいと飲み干した。

「只今《ただいま》、お代わりを」

素早く、おき玖は田端の湯呑みに酒を満たした。

「塩梅屋の主季蔵、下働きの三吉、庫裡で手伝っていた大工の辰吉、この三人が怪しいと見る向きが、奉行所内にはあった。年若い下働きを問い詰めれば、案外、あっさり、白状するのではないかとな。だが、おまえたちが、なにゆえ、喜之助の命を奪わねばならぬのかとわしは反論した。おまえたちが下手人では、商売仇でもない喜之助を殺しても得はないからだ。ところで、あの風変わりな祝言には大勢の客が来ていたという。中には喜之助に恨みを持つ者がいるのではないかと、その筋で調べていたところ、突然、あの後、喜之助と暮らしていた家で養生していたはずのお露の行方《ゆくえ》が知れなくなった。寡婦《かふ》となって実家《さと》へ戻るには早すぎる。家を調べたところ、これといった旅支度をした様子もなかった。忽然《こつぜん》と消えたのだ。花嫁のお露はおまえたちに次いで、喜之助の料理の近くにいた――」

「可哀想《かわいそう》なお露さんまで疑われるのね」

おき玖は唇を噛《か》んだ。

――あのお露さんがいなくなったとは――。これはもしや――

包丁を置いて、知らずと腕組みをしてしまっていた季蔵が、

「もう一度、龍生寺《りゅうしょうじ》のお堂を調べたいのです。ご一緒していただけませんか。この通りです」

頭を垂れると、

「わかった」

湯呑み酒を飲み干して田端は立ち上がり、松次も腰を上げた。

三

三人はお堂の前に立った。

「ここはよくよく調べたぜ」

松次は不機嫌そうに洩らしたが、

「いや、いなくなったお露と何か関わりがあるのだろう」

田端の言葉に季蔵は目で頷《うなず》いた。

扉を開いて再び中へと入って行く。

「これは？」

季蔵は長持ちを見つめた。

「とっくに中は改めたよ。仏様たちがごろごろと入ってた」

「埃《ほこり》が払われた跡がありますね」

季蔵は長持ちの蓋《ふた》に見入った。

「本堂に仏像が一体も見当たらなかったのをご存じでしたか？」

「そういや、そうだったような気もするが、それがどうしたっていうんだい？」

松次は焦《じ》れて金壺眼に険を宿し、

「喜之助とお露の祝言は幽霊婚ゆえ、幽霊の邪魔をする仏は退けたのだろう」

田端が当《とう》を得た判断をした。

「喜之助が祝言のため、この寺に手を入れさせた時、ここの長持ちに仏様をしまいこんだってわけかい？」

「どうやらそのようです」

応えた季蔵は長持ちの蓋を取った。

「ほら、言った通り、仏様ばかりだ」

知らずと松次は手を合わせている。

何体もの仏像が無造作に入れられていた。

「この布は？」

長持ちの底に敷かれている黒い布にじっと目を凝らしていた田端が、やおら、端《はし》を摑んで引っぱり上げようとすると、

「旦那、ちょ、ちょっと待ってください。そんなことしちゃ、仏様が転び出ちまって、罰《ばち》が当たっちまいますよ」

松次はあわてて、不動明王や観音菩薩《かんのんぼさつ》等の仏像を一体ずつ持ち上げ、季蔵も手伝って土間に立たせた。

長持ちの中は黒い布だけになった。持ち上げて広げた田端は、

「これは――」

一瞬言葉を失い、松次は息を呑んだ。

「お露さんが祝言で着ていた晴れ着です」

「そして、黒装束がこれか？」

田端は手にしていた黒い布をひっくり返した。表には黒地に松竹梅が描かれていた。

「こんな晴れ着、あるのかい？」

目を丸くした松次に、

「特別に誂《あつら》えさせたものか、もしくはお露さんが自分で黒い裏地を張ったのでしょう」

「ってえことは、お露が自分で仕組んだってことだな。そういやあ――」

松次は口惜《くや》しそうにきりきりと歯がみをすると、奥にある蓋付きの水瓶《みずがめ》まで歩いて、

「この間は開けて、白いものがちらちら見えたのを、おおかた書き損じた紙が丸まってるんだろうと見逃しちまってた」

蓋を取って、水瓶を横倒しにした。砕かれて潰《つぶ》れた張り子の破片が飛び出てきた。それらをつなぎ合わせると、真っ白な女の幽霊の身体が出来上がる。

「こいつがお露や妹の幽霊に見えたってわけだな」

「亡くなっていた喜之助さんのそばには、盃が落ちていました。お露さんはこれに毒を盛ったのでしょう。そして、張り子の幽霊に白無垢を着せて抱きかかえ、祝言の晴れ着を裏返しにして、覆面をし、自分が掠われたように見せかけて逃げるつもりだったのだと思い

ます。追いかけてこない辰吉さんに姿を見られたのはよかったのですが、幽霊好きの山本屋光右衛門さんに出くわし、向こうから話しかけられでもしたのでしょう、お堂に入る羽目になったのです。山本屋さんは喜之助さんを贔屓《ひいき》にしていますから、どれほどの幽霊好きか、お露さんは知っていたのだと思います。押し込みとは思っていない様子で、少しも恐れず、〝幽霊さん〟とでも、親しく話しかけられ、これ以上、近づいて来られては、いずれ正体がわかってしまうと懸念《けねん》したのでしょう」

季蔵は謎《なぞ》を解いた。

「これで顔を隠したのだな」

田端は水瓶の底に手を差し入れて、黒い頭巾を取り出した。

「なるほど、それで行方をくらましたのか。あのお露が喜之助殺しの下手人とわかりゃあ、こうしちゃいられねえ。旦那、先に失礼しやすよ。あっしは早速、お露の人相書を作らなきゃなんねえんで」

松次はそそくさとお堂を出て行った。

「謎はまだ残る」

田端は季蔵を見据えたまま、

「下手人が逃げるのは当たり前だが、なにゆえ、お露は喜之助を殺《あや》めなければならなかったのか？」

自分に問い掛けるように洩らした。

「ところで、お露というのは本名だったのですか？」

「いや、市中くまなく、お露という名の女を探してみたが、皆、あのお露ではなかった。どこに住んでいたかさえわからない。あのお露を知る者たちはだれも喜之助の知り合いばかりで、喜之助に引き合わされたのだという」

「お露は喜之助さんに下働きで雇われていたはずです。お露を連れて来た桂庵《けいあん》（奉公人を斡旋《あっせん》する業者）ならわかるのでは？」

「それも調べた。だが桂庵ではどこもお露に心当たりがなかった。お露という女はどこからともなく現れて、いなくなってしまったのだ――」

「吉原や遊里に手掛かりは？」

季蔵は一目見た時から、大年増《おおどしま》とはいえ並外れた色香の持ち主であるお露が、下働きで雇われるにはふさわしくないように思えていた。

田端は頷いたものの、

「ああいう場所はことのほか調べづらい」

深々とため息をついた。

翌日にはお露の人相書が仕上がって、配られていた一枚を用足しに出ていた三吉が貰《もら》って帰ってきた。

人相書には、〝この女、祝言の席にて亭主喜之助を殺し行方《ゆきがた》知れず。見かけたものは即座に奉行所まで報せよ〟と書き添えられている。

「たしかに綺麗《きれい》な女《ひと》ねえ」

おき玖は相手が人殺しであることを忘れて、しばし見惚《みと》れた。

「女ってね、女らしくて可愛《かわい》ければ目鼻立ちが今一つで、目鼻立ちがいいと男顔、どっちもほどよい美人は少ないって、おとっつぁんが言ってたわ。この女はそのどっちも備えてるから珍しい。女の華があって、その上、鑿《のみ》で刻まれたような美人顔。〝ああいうのは滅多にないんだから、いい肴になる。おまえのおっかさんにも似てるしな〟って、おとっつぁん、なつかしそうに呟いて、夜更《よふ》けて、独り、お酒を飲んでるのを見たことある。そうだ、思い出したわ。この女。もっと若かった時の顔だけど、見たことがある」

おき玖は両手を打った。

「どこでです？」

「お客さん」

「女の人が一人で塩梅屋に？」

「男の連れが居た。二人とも若くて仲がたいそう良さそうに見えたわ。女の人の髪に挿さってた平打ちの簪《かんざし》が大きな桜の形で、後でおとっつぁんにねだったら、〝あの二人は夫婦《めおと》になったばかりで、あの簪はかざり職の男が苦労に苦労を重ねて、やっと女房に出来た女に作ったもんだ。欲しがったりしたら罰が当たるぞ〟って叱《しか》られた」

「間違いありませんか？」

季蔵が人相書に目を落として念を押すと、

「羨《うらや》ましいほど艶《あで》やかな女を忘れるもんですか」

　おき玖は大きく頷いた。

「男の方の顔形は覚えておいでですか？」

「どうということのない、江戸八百八町のどこにでもいる顔形と身体つきの男。残念ながら、美男美女の取り合わせじゃなかったわね。ただし、平打ちの桜は諦《あきら》めるのに時がかかるほどだったから、腕は名人級だったはずよ。もっとも、腕は相手のために磨いて、身請《みう》けができるほど稼いだのかもしれないわね」

「とっつぁんはその女が身請けされたと話していたのですね」

「あたしがあんまりしつこく、綺麗だったその女の話をするもんだから、おとっつぁんったら仕舞いに、〝もう、あのとびきりの別嬪《べっぴん》を肴にして酒を飲むのは止しにする。元がお女郎なものだから、男の悪い癖で、ついつい、タガが外れて、肴にしちまったが悪いことをした。非の打ち所のない器量を持って生まれた女は、とかく不幸になりやすいというが、おまえのおっかさん似のあの美人に限っては、末永い幸せを祈ってやりてえと思う〟って言って、以来、独り酒はしなくなったのよ」

　――名人級の腕を持つかざり職が、寝る間も惜しんで一心に働き、こつこつと金を貯めて、女郎を身請けして女房にしたというわけだな――

　季蔵はこのかざり職さえ探し出せば、お露と名乗っていた女を見つけられると確信した。

「ちょうど今頃の時季で、路地裏に咲くツユクサやホウセンカが、それはそれは可愛いという話をしていて、とても幸せそうだった」

おき玖は申しわけなさそうにそっと言い添えた。

四

季蔵はおき玖から聞いた、お露についての手掛かりを文に書いて、三吉を松次の元へと走らせた。

北町奉行烏谷椋十郎《からすだにりようじゆうろう》が塩梅屋を訪れたのは、その翌々日のことであった。

例によって暮れ六ツ（日没）の鐘が鳴り終える前に暖簾《のれん》を潜《くぐ》った烏谷を、離れの座敷に招き入れると、

「お奉行様の辛味蒟蒻をすぐに支度いたします」

季蔵は田端の好む唐辛子の量と、松次のものよりさらに多量のすり胡麻を合わせて、烏谷の辛味蒟蒻の味つけをした。

「胡麻の甘みの中に辛味が眠っていて、辛いかと思えば甘く、甘いはずだとタカを括《くく》っていると、突然、口から火を吹く辛さ。これが辛味蒟蒻の醍醐味《だいごみ》よな」

感動している烏谷が目を潤ませているのは辛さゆえもあった。

烏谷はこの変わり過ぎている辛味蒟蒻で、大酒を飲んで何杯もの飯を食べる。

「病みつくのう」

酒や飯と一緒に、大鉢いっぱいの辛味蒟蒻を平らげた烏谷は上機嫌であった。

さすがに辛さに耐えかねたのか、時折、ちろちろと舌を見せながら、烏谷は熱い茶を啜り終えると、

「そうそう、そちに用があってきたのだった」

肝心な用向きを忘れていたふりをして、しまったと額に手を当てて、ははは と声に出して笑った。

「お奉行はご用がないのにおいでになる方ではございません」

町奉行はただでさえ激務である上、地獄耳を自認している烏谷は、絶えず市中を歩き回って、上は大名家や旗本家の内紛から刃傷沙汰《にんじょうざた》、下は大食い競べや料理屋番付、男女の心中沙汰等まで、知らぬことは皆無と言ってよかった。まさに神出鬼没、八面六臂《はちめんろっぴ》ぶりなのである。

先の塩梅屋主長次郎《ちょうじろう》は、料理人は表の顔で、裏では隠れ者としてこの烏谷の手先を務めていた。長次郎が死んだ時、初めて季蔵の前に姿を見せた烏谷には、弔意だけが目的ではなく、長次郎の後釜《あとがま》に季蔵を据える心積もりがあった。

長次郎が務めていた裏稼業は、時には烏谷の命《めい》により、御定法《ごじょうほう》では裁くことのできない悪人を、手にかけることもある。悪人といえども、人の大事な命を絶つことへの逡巡《しゅんじゅん》が長く季蔵を悩ませたが、ある時、心が決まって、季蔵は料理人の表の顔に加えて、この裏稼業を継ぐことになった。

「龍生寺で起きた喜之助殺しでございますか？」

殺されたのが人気作家の喜之助とあって、瓦版は日々、行方の知れない下手人お露のことを書き立てている。中には、どこをどう探しても見つからないお露こそ、実は幽霊だったのではないかという話まで、まことしやかに囁《ささや》かれている。

「たしかに女一人、見つけられずにいるのは、我が奉行所の名折れよの」

烏谷は僅《わず》かに眉を寄せて、

「とはいえ、人の噂《うわさ》も七十五日という。どこの誰だか、まるでわからない女の話もそのうちネタが尽きるだろうし、ここのおき玖が何年も前に見かけていたという、そちの報せは吉報だった。高砂町《たかさご》の露草《つゆくさ》長屋に、労咳《ろうがい》に蝕《むしば》まれ、何年も寝たり起きたりのかざり職の亭主と、その女房が住んでいたことがわかったのだ。亭主の名は貞吉《さだきち》、女房はお光《みつ》。隣り近所にあの人相書を見せたところ、三月《みつき》ほど前、亭主に看護人をつけて出て行った女房お光に、面差しがよく似ていると言った。七夕の竹や虫籠《むしかご》だけではなく、裂《きれ》や花、女の身体で背負えて売れる物は何でも売り歩き、真っ黒になって働いていたお光は、窶《やつ》れ果てていたせいもあって、髪も身なりもかまわずにいたので、人相書にあった艶やかさとはほど遠かったようだが、顔立ちの端整さはたしかにお光だと皆、口を揃《そろ》えた。生まれもっての美形のお光が、元は女郎だったと知った助平な大家が、店賃《たなちん》をまけてやる、亭主の薬代をもってやるからと持ちかけて、言い寄ったこともあったそうだが、お光は断固、応じることはなかったとも聞いた」

「出て行ったお光はその後、露草長屋には帰らなかったのですか？」

「そのようだ。時折、使いの者が看護人に銭を届けに来ていたという。病の亭主のために働き詰めで、身も心も疲れきっていたお光にとって、割りのいい喜之助の家の下働きは有り難かったにちがいないが、心は亭主にあって、幽霊婚であれ、何であれ、夫婦になるつもりなどなかったのだろう。そこをあろうことか、喜之助に夢中になられて、祝言を強《し》いられたものだから、あのような決着をつけるしかなかった。女も見目形が良すぎると難儀なものだ。今、田端たちに露草長屋の貞吉の家を見張らせている。必ず、お光は亭主に会いに戻って来る。すぐに片がつく」

――喜之助殺しに目途《めど》がついているのなら、お奉行の話は別にあるな――

居住まいを正した季蔵は、探るような目を烏谷に向けた。

「まあまあ、そうしゃちこばって構えられても困る」

「そうおっしゃられても、お役目でございましょうから力は抜けません」

「ならば肩の荷を軽くしてやろう。これは役目ではない」

「それでは、いったい何でございましょうか？」

困惑する季蔵に、

「一つ、料理を作ってもらいたい。ただそれだけのことだ」

烏谷は大きな目をぐるぐるっと回した。

「ただそれだけとは思えません」

烏谷が目をぐるぐるさせる時は、都合の悪いことを隠したいか、言いにくい言葉を呑んでいる時と相場が決まっていた。季蔵はじっと烏谷の顔に目を据え続けた。

「今回は場所を龍生寺とする」

季蔵の顔に烏谷の目がやっと焦点を戻した。

「どこの龍生寺で？」

龍生寺は喜之助が借り切った貧乏寺だけではない。

「わしを困らせるでない。知れたことだ」

「また、幽霊婚でもありますまいに」

季蔵は呆《あき》れた。

「そちに話したことは、まだなかったが、わしは春夏秋冬に食通の会を催《もよお》している。表向きは親睦《しんぼく》だが、もちろん政《まつりごと》絡みで、万に一つ、きわどい話が聞けることもある。招くのは大物揃いの武士や町人だが、皆、たいそうな食い道楽で、並みの料理では満足せぬ。あの八百良《やおりよう》でさえ、今年、夏の料理を任せたところ、屋形《やかた》の涼み船の上で皆がいろいろと文句を言って、どれほど心労を背負い込んだかしれぬ」

「ともあれ、夏は無事終えたわけですね」

——となると、所望は秋の料理だろうか？——

季蔵は毎年、大名屋敷に深夜に呼び出されて作っている、国許《くにもと》から届いたばかりの干し松茸《まつたけ》を思い浮かべた。

「今年はたいそうな暑さだ。ここで一つ、また暑気《しよき》払いをしたいものだと皆が言い出しているのだ。この夏だけ格別に二度、美味《うま》い物を食おうということになった。たいそう喜之助の怪談が好きで、そちの幽霊御膳を堪能《たんのう》した者が食通の同志にいたのだ。名は山本屋光右衛門という。喜之助たちの幽霊婚の折、そちとも話をしたという。この者がそちの幽霊御膳に惚《ほ》れきっていて、今一度味わいたいと、龍生寺の一件に興味津々の皆を誘い、わしに懇願してきたというわけだ」

「しかし、また幽霊御膳をお出しするのは気が進みません」

幾ら料理の味を褒められても、これを繰り返すのはあまりに不吉すぎると季蔵は思った。

「幽霊御膳に適《かな》うような面白い趣向があれば、それでもよいぞ」

「鮪《まぐろ》料理はいかがです？」

――これで諦めてくれるはずだ――

季蔵は確信していた。

「今、鮪と言ったか？」

「はい」

烏谷はふふふと笑って、

「なるほど鮪喰いなら、幽霊御膳といい勝負かもしれぬな」

一年を通して獲《と》ることのできる鮪は、下魚と称される秋刀魚《さんま》や鰯《いわし》に比べても、さらに格が低かった。

冬場、鮪の赤身を角に切り、葱《ねぎ》と一緒に鍋に放り込んで煮て食べる葱鮪《ねぎま》にしても、珍しい鯨汁《くじらじる》はもとより、浅蜊《あさり》や蛤《はまぐり》を同様に使った鍋に比べても、ずっと人気がなかったのである。脂の多い鮪は犬も食わないとされて、猪《いのしし》や鹿、牛等の薬食《くすりぐ》いにも列せられず、丸ごと埋められて肥料にされることもあった。

「あの鮨《すし》騒動は見ものだったぞ」

烏谷は数年前の鮨騒動を思い出していた。鮨の屋台を出していた者たちの中で、一人、鮨ネタに鮪の赤身を使った者がいて、とろりとしていて、なかなか美味いという評判が立ったのもつかのま、同業者たちに寝込みを襲われ、さんざんに殴る蹴《け》るされて、とうとう市中を去る羽目になったのであった。

五

「江戸市中の鮨ネタに下賤《げせん》な鮪など使っては、公方《くぼう》様に申しわけが立たないというのが、鮨屋連中の言い分ではあったが、実はわしはこっそり、追い出された鮨屋の屋台に立ち寄ってみた。つくづく、鮪の握りを食べておいてよかったと思い出される。あれほど美味い鮨ネタはあるまいからな」

「お奉行が鮪の握りを召し上がったことがあるとは存じませんでした」

——これは意外な展開になりそうだ——

「そちこそ、皆が洟《はな》も引っかけない鮪料理と言い出したからには、何か、よほどの思い入れがあると見た。申してみよ」

「慎《つつ》ましかった生家の料理でございますゆえ――」

「それを食通たちに喰わせるというのだな」

「そんなものをお出ししてはお奉行の面目が立ちません。幽霊御膳も龍生寺での宴《うたげ》もどうしても気が進まず、方便を申してしまいました。鮪料理と言えば、諦めていただけると思ったのは浅はかでした。この通りです」

　やや青ざめて季蔵は頭を垂れた。

「謝ることなどないぞ」

　烏谷は朗《ほが》らかに笑い飛ばし、

「その代わり、言い出したからには、やはり、鮪尽くしをやってもらおう」

　季蔵が顔を上げるのを待って、

「食に魅せられている金持ちたちは、実は、袋叩きにあって逃げ出した鮨屋へ足を運んでいた。食い意地が張っていて、どこぞに美味いものがあると聞けば、行って、食ってみずにはいられない輩《やから》なのだ。食通たちは鮪の美味さを承知しているのだが、周りの目を気にして、おおっぴらに食えずにいるのだ。幽霊御膳の塩梅屋季蔵の手による鮪喰いと聞けば、飛び上がって喜び、その宴の日を指折り数えるほど、楽しみにするはずだ」

　――我ながら迂闊《うかつ》な物言いをしたものだ――

　季蔵は額に冷や汗を滲《にじ》ませつつ降参した。

「参りました。鮪喰いの宴、慎んでお引き受けいたします」

こうして季蔵は、烏谷の食通仲間たちのために、鮪尽くしの膳を調えることとなった。

――困った時のとっつぁん頼みだが――

いつものように、離れの納戸に積んである長次郎の日記を繰ってみた。

――読み落としでなければ、鮪料理については何も書いていなかった――

もしやと思い、季蔵は何帖にも渉《わた》る長次郎の日記に、繰り返し目を通した。

――ない――

一行たりとも鮪については書かれていなかった。

――これではまるで、鮪が食べ物でないかのようだ――

長次郎は日記に、粗末には出来ない有り難い四季の恵みとして、春にはタンポポ、夏にはアザミの花、秋は柿の葉、冬は何と椿《つばき》の花弁を、風雅天麩羅《てんぷら》にして供するべきだと書いている。

そんな長次郎さえも、鮪を認めていなかったのかと思うと、季蔵は次第に、鮪尽くしで客をもてなす自信が揺らいできた。

幼き日、季蔵の母は、かんかんに熱した鉄鍋の底に、白く脂の乗った鮪の切り身を押し当て、即座に引き剝《は》がし、

「これは鉄鍋の神様の有り難い術なのです。心の中で神様に手を合わせて――」

炙《あぶ》り鮪を皿に盛り、箸を子どもたちに握らせた。

「さあ、ぱらぱらと塩を振って食べなさい」

魚屋が捨てるようにして置いていく鮪と、その脂身は、脂が香ばしく焼けて、頬《ほお》が落ちかねないほど美味であった。

季蔵がしばし、生家と鮪のなつかしい思い出に浸っていると、

「精が出るわね」

おき玖が茶を淹《い》れてきてくれた。

「悩みがあるんでしょ」

「おわかりでしたか」

季蔵は有り難く茶を啜った。

「そりゃあ、わかるわ」

季蔵さんのことだもの――とおき玖は心の中で続けた。

――何でもわかりたい。でも、わかりたくないこともある――

「料理のことで悩んでる時はすぐわかる。だって、おとっつぁんと同じ表情だもの。それが料理人の性《さが》ってもんなのね。どうせ、何日か前においでになったお奉行様の無理難題なんでしょうけど――」

おき玖は話してほしいという代わりに、相手の目をじっと見た。

――何でもいいから、この男《ひと》の力になりたい――

「実は宴で、人知れず鮪尽くしを出すと、お奉行様に約束してしまいまして――」

「いいわね、鮪尽くし」

おき玖はすんなりと頷いて、

「鮪は美味しいもんだもの」

「お嬢さんは、どこかで召し上がったことがあるのですか？」

季蔵は目を瞠《みは》った。

「子どもの頃、一度だけ、おとっつぁんが叩いたり、皮を味噌《みそ》で和《あ》えたりして食べさせてくれた。あたしが美味しくて、喜んで箸を進めると、〝いいか、おき玖、こいつは安いし美味いが、かといって、品書きに載せることはできねえし、食べた、食べたと人に言い歩いて、体裁のいいことはねえんだから、時々、こうして食べさせてやるが、食べたと口に出しちゃあ駄目だ。それがどうしてだか、おまえにわかる日もいつか来るだろう〟って、おとっつぁん、諭《さと》すように言ったのよ。今じゃ、おとっつぁんの言ってたこと、よくわかるわ」

「わたしの家でも、母に鮪喰いをきつく口止めされていました。どんなに慎ましい台所事情でも、鮪まで食べていると人に知られたくないと――」

「これほど鮪や鮪喰いが見下されるのは、実はもの凄《すご》く美味しいからよ」

おき玖は声を落とした。

「あたし、鯛《たい》よりもよほど美味しいと思うわ」

新年や祝言等の祝い事に欠かせない鯛は、将軍家が愛《め》で続けてきた高級魚であった。

「白身の鯛が典雅な京のお姫様なら、赤身だけじゃなく脂があるとこだって、とろけるほど美味しい鮪は、色香たっぷりの吉原《よしわら》の太夫《たゆう》みたいなもんだわ。どこにでもいる、そここ器量好《よ》しの町娘の鰯や鯵《あじ》、秋刀魚なんかが、鮪ほど忌《い》み嫌われてないのが、あたし、不思議でなんないのよ」

「たしかに」

相づちを打った季蔵は、

——鮪が鯛を凌《しの》ぐ味わいで、しかも、安いとなれば、皆、こぞってこれを口にするようになり、お上の権威を表した魚である鯛は、今ほど尊ばれなくなるかもしれない——

心の中だけでおき玖の疑問に応えた。

「こうなれば、とっつぁん直伝の鮪料理を知っているお嬢さんが頼りです。どうか、ご指南ください」

「そうは言っても、あたしが食べさせてもらったのは、ほとんどが生の鮪よ」

「それはかえって好都合です。わたしの生家では焼き物ばかりでしたから」

「それでは、互いに手の内を見せ合いましょうか」

おき玖は紙と硯《すずり》を持ってくると、筆を取り、以下のように書いた。

葱鮪

鮪の味噌叩き

鮪皮酢味噌和え

鮪脂身の土鍋蒸し

一方の季蔵は、

炙り鮪
鮪の頰肉焼き　胡椒《こしょう》風味
鮪のつくね串焼き
鮪の鍋照り焼き　半熟玉子添え

「鮪脂身の土鍋蒸しは冬場向きの料理だから、外してくれてもいいわ」

「どんな料理です？」

「薄く切った鮪の脂身を葱の上に載せて蒸すだけ。これだと葱鮪みたいに、鮪の旨味が鍋の汁に逃げないだろうって、あたしが思いついて、おとっつぁんがやってみて、〝まあ、いいだろう〟ってことになったの」

「それなら、変わり葱鮪と料理の名を変えてお出ししましょう」

葱鮪はぶつ切りにした葱と鮪の赤身を、醬油味の出汁《だし》で煮て食べる、よく知られている鮪鍋である。

「おとっつぁん、今頃、草葉の陰ではらはらしてるわね、きっと」

こうして、おき玖の力を借りた季蔵は、鮪喰いのための献立を決めた。ちょうどこの頃、烏谷から文が届き、いくら何でも、あの龍生寺では縁起が悪いと言い出す向きが多く、宴の場所が、山本屋光右衛門の屋敷内にある、空き蔵に変わった旨が書かれていた。

鮪喰いの宴の料理を請け負ったことを、三吉には知らせずにおこうと二人は決めていた。何しろ、知られれば、世間から後ろ指を差されかねない鮪喰いである。

引き受けたと知ったところで、三吉はどうして、また、人が忌む料理を作らされるのかと、憤慨、混乱するばかりで、やっと芽生えてきた料理人としての自負さえ、揺らぎかねないのではないかと季蔵は案じたからである。

それゆえ、当日は三吉に暇をやり、おき玖と二人で仕事をこなすつもりでいる。

「ああ、よかった。あたし、龍生寺にだけは行きたくなかったのよ」

おき玖は胸を撫《な》で下ろした。

六

「えっ？　正月でも盆でもないのに、小遣いまで貰えて暇がもらえるの？　うれしいな。おいら一度、思う存分、市中の菓子を食い歩いてみたかったんだ」

目を輝かせた三吉に、

「わたしは菓子は得意ではないから、ほんの一日だけだが、代わって、しっかり、修業してきてくれ」

優しく微笑んだ。

「楽しみだなあ。そういや、おいらの住んでる長屋でね、よしときゃいいのに、鰯が買えなくて、鮪なんてもんを食った奴がいるんだよ。そいつは幼馴染《おさななじ》みの棒手振《ぼてふ》りの魚屋なんだけど、病気のおっかさんには鰯の煮付けを食わせて、自分は犬も食わない鮪を鮨にしたんだとか――。何日も苦しんであの世に行っちまった。鮪に命を取られたんだって皆は言ってる。そいつは長命寺《ちょうめいじ》の桜餅《さくらもち》が好きだったからね、ちょいと向島《むこうじま》まで足を延ばして買ってきて、後を追うように死んじまったおっかさんと、やつの墓に供えてやろうと思ってるんだ。食い歩きと墓参り、大忙しだな」

季蔵とおき玖は思わず顔を見合わせた。

三吉のいないところで、

「嫌な話、聞いてしまったわ。あれじゃ、まるで鮪が河豚《ふぐ》扱いされて、毒を持ってるみたいじゃない？」

おき玖は眉を寄せたが、

「傷《いた》んでいた鮪を生で食べたのでしょう。特に今の時季は魚に限らず、何でも、足が早いですからね」

季蔵は動じなかった。

「試しはどうする？」

これもおき玖の心配の種であった。普段通りにしていたら、三吉に悟られずに試作などできはしない。

「いや、三吉が上がった後にやろうと思っています」

「丑三《うしみ》つ刻《どき》（午前二時頃）、幽霊が出てくる頃まではかかる試しね」

「今回ばかりは仕方がありません」

「いつだって大丈夫よ、離れでおとっつぁんが見守っててくれるんだから」

「そう思います」

季蔵は深々と頷いた。

それからほどなくして、山本屋の手代《てだい》で弥吉《やきち》と名乗る若者が塩梅屋を訪れた。色の黒い弥吉はややずんぐりしていたが、身のこなしは素早く、くるくると動く目が人の気脈をよく読んでいる。

「さすが幽霊御膳で名を馳《は》せた塩梅屋さん、茶からして違いますね」

弥吉はまず、もてなされた冷茶を褒めちぎった。

気をよくしたおき玖が甘酒を勧めると、それについても別の褒め言葉を並べ立てて、

「それじゃ、お代わりをさしあげましょうか」

おき玖が空になった湯呑みを取り上げようとすると、

「そこまで甘えては主に叱られてしまいます」

断って、うなだれる仕種《しぐさ》も堂に入《い》っていた。

「ご用向きは何でしょう？」

季蔵は頃合いを見計らって訊いた。

「実は例の宴のための準備について、何かお手伝いできることがあったらお手伝いするよう、主から申しつかってきました」

「当日、厨《くりや》と人数分の箸や皿小鉢をお願いできればと思っております。これは後ほど、日が近づいたところで伺って、揃えておいていただくつもりでおりました」

「皿小鉢の中身はどんなものを？」

弥吉は探るような目になって、

「なにぶん、前代未聞の盛大な鮪喰いでございましょうから――」

と続けた。

「自信がないわけじゃないんですよ」

おき玖は神経質に声を震わせたが、

「試しなら折を見てするつもりでおります」

季蔵は眉一つ動かさなかった。

「その試し、夜更けた頃、山本屋の離れの厨でなさってはいただけませんか？」

弥吉は思いきって口に出した。

「わかりました」

季蔵が承知すると、

「日時はそちらのご都合でお選びください。こちらはいつでも結構です」

弥吉はほっとした表情で帰って行った。

「どういうことなの？　呼びつけて、試しをさせて味見をしたいだなんて――」

おき玖の顔は怒っていて、

「馬鹿にしてるわ」

憤懣《ふんまん》やる方ない。

「わたしは正直、少し気が楽になりました」

季蔵は和《なご》んだ目をしている。

「わたしとお嬢さんは鮪が美味いと感じている上、持ち駒の料理は自分たちが過ぎし日に食べたものだけです。これを作っても、やっぱり、思い出は美味かったということにしかならず、わたしたち二人が、自分たちの味覚に納得するだけです。鮪を犬も食わない、不味《まず》い魚だと思い込んでいる人たちを、美味いと病みつきにさせる鮪喰いの宴でなければ――。それには、前もって、一人でも多くの鮪嫌いたちに、身構えて箸を取ってもらい試しをするのは、願ってもないことなのです」

「塩梅屋の鮪料理の腕を、試そうとしている相手に受けて立つってことね」

季蔵は応える代わりに大きく頷き、

――負けられないわ――

おき玖は血の滲むほど唇を嚙んだ。

弥吉が訪れて一日、二日して、夜分遅くふらりと立ち寄った烏谷は、

残りの飯を胡麻油を引いた鉄鍋で炒《い》って、刻んだ大葉と梅干し、煎り胡麻で味付けした夏胡麻飯をかき込んだ後、

「山本屋での試しのことは聞いている。難儀をかけてすまぬな」

いつになく季蔵をねぎらった。

「突然、山本屋さんのお使いが見えたので驚きました。お奉行のお言いつけですか？」

季蔵は今回の宴の主催者が烏谷から、山本屋光右衛門に代わったのではないかと思っていた。

「皆が龍生寺を嫌がったのは本当だ。すると、それなら、どうしても、自分のところを使ってほしいと山本屋が言い出した。何でも、あれだけの身代《しんだい》だと、空《から》の長持ちばかり積み重ねて置いてある蔵があるそうで、そこを開けて、龍生寺の本堂代わりにする趣向だとか――。どうということのない長持ちを捨てずにいたのは、使っていた者、入っていた物の念が付いているからだという。根っからの怪談好きの思い入れは、常人ではとんとわからぬが、この思いを叶えてくれさえすれば、この前の大水で壊れた小名木《おなぎ》川の堤《つつみ》の改修工事に、助力を惜しまないと約束してくれた」

――鮪喰いが政の片棒を担ぐことになったとは――

季蔵はやや苦い思いがしたが、

「そうそう清くは動かぬのが金というものだ。これぞ、魚心あれば水心――」

「小腹が空いた」

烏谷はけろりとして言い切った。

「山本屋さんでの試しの一件も、何か含みがあってのことですか？」

季蔵は念を押さずにはいられなかった。

――山本屋さんの関心は幽霊や怪談に尽きる。それほど料理に拘《こだわ》りがあるとは思えない

「わしと山本屋の間にも、また、ほかの客たちにもそれはない。皆、美味い鮪喰いがしたいだけで集まる。商いの話以外は怪談話ばかりで相手を辟易《へきえき》させているあの山本屋にも、何と一分の良識はあって、訪れる客たちを料理で喜ばせなければ、面目が立たないと思いついたのだろう」

「山本屋さんにお内儀《かみ》さんは？」

「おらぬな。先代の生きている頃一度娶《めと》ったものの、〝あんな変わり者に添ってはいけない〟と逃げ出されてしまった。それ以来、独り身を続けている。そうだ、今頃になって、あやつにもいい女ができて、近く女房にすることになったのかもしれぬな。その相手が賢《かしこ》く、趣味の怪談三昧《ざんまい》ばかりでは駄目で、ここは一番、美味い料理で客をもてなさねば、笑い者になると諭したのだとしたら、そちに足を運ばせるという試しの話は筋が通る」

この話を季蔵から聞いたおき玖は、

「それなら、なおさら、皆様にほめちぎってもらえるような鮪喰いにしなければ――」

覚悟を新たにした。

鮪料理の試しに山本屋を訪れる夜が来た。

「お疲れ――」

暖簾を片付けた三吉を送り出した二人は、夜道を霊岸島長崎町へと急ぐ。夕方になって降りだした雨がやっと止《や》んだばかりで、夏の夜の闇はねっとりと深く湿っている。

「こういう夜は怪談が身近に感じられるわ。怪談好きの山本屋さんにはたまらないでしょうけど、あたしは苦手」

「息が重たくて汗が止まりません」

季蔵は何度も手拭《てぬぐ》いを使った挙げ句、首に巻きつけた。

「お奉行様がおっしゃってたっていう、山本屋さんがお内儀さんを貰うだろうって話、本当かしら？」

季蔵が応えずにいると、

「蓼《たで》食う虫も好き好きだっていうわね。けど、怪談好きで幽霊さえいれば、女はいらないみたいな、いい年齢《とし》の男にだけは、たとえどんな金持ちでも、説教をしてくれる虫はつかないと思うのよ」

七

「すると、山本屋さんが自分のところで試しをさせようとするのは、何か、含むところでもあるというんですか？」

季蔵はいささか気掛かりになって、首からどっと冷や汗を吹き出させた。

――これもまた、政と関わっているのだろうか――

どう関わるのか、皆目見当がつかないだけに季蔵は気が重くなった。

「あのご主人のことですもの、こんな夜更けのことだし、怪談絡みで一芝居打ってくるんじゃないかしら?」

おき玖の思惑は違った。

「幽霊でも迎えに出させて、わたしたちを驚かそうというわけですね」

――どうせ、山本屋さんが作らせた張り子の幽霊か、奉公人に化けさせているのだろうから怖くなどない――

「出てきたら、大声で笑ってやりましょう」

「そうは言ってもねえ」

おき玖は急に立ち止まった。

「あ、あれは何?」

八間《けん》（約十四・四メートル）ほど先にぼーっと光るものがあった。季蔵たちの方へふわりふわりと近づいてきて、

「きゃーあ」

おき玖は悲鳴を上げた。

「助けて」

知らずと季蔵にしがみついていた。

「大丈夫ですよ、あれは幽霊の迎えではなくて、山本屋さんの提灯《ちょうちん》ですから」

「本当？」

提灯に目を凝らしたおき玖は、

「そのようね」

気がつくと、あわてて季蔵から離れた。

「ただし、誰か、提灯の前を跳ねるように歩いていますね」

「犬かしら？」

「いや、二本足の人です。大きくないので子どもかもしれない」

「それじゃ、きっと小僧さんのお迎えだわ。よかった、山本屋さんの芝居じゃなくて
——」

「わかりませんよ、小僧さんの顔は一つ目かも。それでも気を確かにもってください、所詮、お面を被っているだけなんでしょうから」

「わかったわ」

おき玖はしっかりしろと自分に言い聞かせて、曲がったままだった背筋をしゃっきりと伸ばした。

じりじりと提灯と季蔵たちとの距離が縮まって、

「ああ、やっぱり塩梅屋さんだったか、お迎えに上がりました」

手代の弥吉が提灯をこちらへ掲げた。

「お役目ご苦労様です」

季蔵は礼を言った。

「あの人は？」

おき玖はなおも、ぴょんぴょんと跳ね回っている人影に、手にしていた提灯を向けた。

「あ、止《や》めて」

細い女の声が悲鳴を上げた。

「お登代《とよ》お嬢様、こちらへ」

「嫌、あたしはこうしているのがいいの。夜が好き、夏の夜は寒くないからとっても楽しい」

「お気持ちはわかりますが、こちらは、旦那様が想い入れておられる、土蔵での宴の膳を調えてくださる方々なのです。よりによって、こんな刻限にお呼び立てしたのですし、きちんと挨拶《あいさつ》をなさらないと――。そもそも、そうしてくださると約束したのでお連れしたんですよ。こんなことでは若旦那様に叱られてしまいますよ」

若旦那様の一言が出たとたん、お登代はびくりとして、跳ね回るのを止めた。

「登代と申します。よろしくお願いしますね」

お登代は深く頭を垂れた。年齢の頃は十四、五歳と思われるが、あどけない表情はもっと幼げに見えた。昨日今日の付け焼き刃でない証《あかし》に、その仕種は優美で言葉遣いは丁寧だった。

——まるで、月のうさぎみたい——

おき玖は思わず夜空の月を見上げた。薄明かりの中で、端整で愛らしいお登代の顔は透き通るように白かった。

季蔵とおき玖も名乗って辞儀をした。

「季蔵さん？　どういう字を書くの？」

お登代は季蔵をじっと見つめた。

「季節寄せの季に土蔵の蔵です」

「素敵な名だわ」

お登代はうっとりした目色で艶やかな微笑みを浮かべて、

「本当にいい名」

「ありがとうございます」

すると、こほんと一つ咳《せき》を洩らした弥吉が、

「あと少しです、急ぎましょう」

早足で歩き出した。

「あたしは季蔵さんの隣りがいい」

お登代は季蔵とおき玖の間に割り込んで歩き始めたものの、そのうちに、また、兎《うさぎ》のように闇の中へと飛び出して跳ねて行く。

「お登代お嬢様は、多少、風変わりではありますが、稽古事《けいこごと》も極めておられて、気は確かです」

　弥吉は取りなすように言った。

「お訊《たず》ねしていいかしら？」

　おき玖は弥吉に話しかけた。

「お答えできることならば――」

　弥吉の声が緊張した。

「さっき、若旦那様とおっしゃったでしょう？　山本屋さんは独り身のはずでは？」

「若旦那様の邦助《くにすけ》様は旦那様の甥御《おいご》さまです。邦助様の三つ違いの妹がお登代お嬢様、旦那様の姪御《めいご》さまです。邦助様、お登代お嬢様のお母様が、旦那様の妹様で、何年も前に亡くなられてます」

「それで、山本屋さんは二人の親代わりになってきたというわけね」

「旦那様のことを世間は、怪談狂い、幽霊を女房にしているなぞと、酷い噂を立ててますが、本当は身内にも奉公人にも優しいお人柄なんですよ」

「そうだったのね」

　しみじみと頷いたおき玖は、光右衛門には蓼食う虫もつくはずがない、と言ったことを後悔した。

　――多少の血はつながっているとはいえ、実子ではない甥や姪たちが、新しく迎えたお内儀さんと反りが合わなくて、辛い想いをしては可哀想だと、独り身を通していたのかもしれないのに――

季蔵とおき玖は山本屋の切り戸を入って、勝手口から招き入れられた。

「旦那様がお待ちかねです」

早速、離れの客間に通されると、龍生寺で会った光右衛門と、お登代に目鼻立ちが似ている男前の邦助が並んで座っていた。邦助は、お登代と三つ違いとは思えないほど、落ち着いた物腰で、光右衛門と揃いの泥大島など着こなしているせいもあって、たいそう大人びて見える。

季蔵とおき玖の挨拶が終わると、

「こちらこそ、どうかお願いします」

光右衛門は浅く会釈し、

「山本屋邦助です」

邦助の方は季蔵の顔に目を据えたまま、

「何でも、とびきりの鮪を食べさせてくれるそうですね」

揶揄《やゆ》するような口調で念を押した。

「どうやら、甥は鮪喰いに通じているようです」

光右衛門はやや困惑げに言った。

「わたしは、幼き頃から、伯父《おじ》に贅沢《ぜいたく》三昧をさせてもらったおかげで、今では、伯父よりも食にはうるさいと自負しております。真の食通は、高くて美味いものばかりを愛でるのではなく、安くて人が蔑《さげす》むものでも、美味ければそれでよしとしなければ――。食材の値や評判ではなく、己の舌で決めるのです。まさに鮪喰いはその真骨頂です」

邦助は胸を張って、

「今回、お奉行様が催される宴をてまえどもで催させて頂くことになった上、犬も食わない鮪喰いになったと聞き、わたしは鮪喰いを極めているつもりでしたので、出しゃばりとはわかっていても、どうにも、黙ってはいられなくなったのです」

「それで、わたしどもに、こちらでの試しを頼んで来られたのですね」

季蔵は内心ひやりとしたが、闘志も湧《わ》いてきた。

――なかなか手強《てごわ》い相手が出てきた――

「その通りです。こうしてわたしが山本屋の若旦那である限り、後で〝あれは不味かった、所詮、鮪だった〟とお客様に不満を呟かせてしまう料理を供して、伯父に恥を掻かせるわけにはまいりません。わたしの得心がいかない料理は、たとえ、そちらがどんなに会心の出来だと思われても、膳に上らせるわけにはまいりません」

邦助は挑むように言い、

「もちろん、こちらもそのつもりでおります。お客様あっての料理作りが、わたしども料理人の務めと心得ておりますから」

季蔵はさりげなく相づちを打ったが、心の中の闘志はさらにめらめらと燃え上がった。

「明日は遠出のため朝が早いので、わたしはこれで——。邦助、よろしく頼むよ」

ふわりと欠伸《あくび》をして、光右衛門が部屋を出て行くと、

「鮪は特上のものを用意してあります。厨へご案内いたしましょう」

邦助は先に立って廊下を歩いた。

# 第三話　茶漬け屋小町

一

「立派な厨《くりや》ですね」

厨は山本屋の離れの半分ほどを占めている。

「わたしが伯父《おじ》に我《わ》が儘《まま》を言って、建て増ししてもらったんです。ここで、お登代《とよ》と二人で自由に料理を拵《こしら》えるためですが——どうです？　なかなかのものでしょう」

出入り口に立った邦助《くにすけ》は、胸を張って、袂《たもと》から白い紐《ひも》を取り出すと、さっと鮮やかな手つきで襷《たすき》に掛けた。

「鮪喰《まぐろく》いの料理、このわたしも作らせていただきます」

「手伝いなら足りてます。このあたしがついてきてますから」

おき玖《く》がおずおずと言うと、邦助はこめかみをぴくりとさせて、

「手伝うとは申しておりません。わたしもそちらに負けない鮪料理を拵えて、勝ち負けをつけ、勝ち残ったものを宴《うたげ》にお出ししようというんですよ。季蔵《としぞう》さんはわかっておいでの

はずです」

にやりと笑った。

「結構な案だと思います。鮪料理といえば葱鮪《ねぎま》が広く知られているだけですから、候補は多いに越したことはないでしょう」

季蔵は涼やかな顔でさらりと受け応《こた》えた。

――これは一騎打ちの鮪勝負なのだわ――

やれやれ、大変な成り行きになったと思いつつ、おき玖はじろじろと見回して、

「あら、石竈《いしがま》まであるんですね」

「それはお登代の好きなカステーラを焼くためです」

「ほう、南蛮《なんばん》菓子まで作るのですか」

季蔵が感心していると、

「今夜はあたし、何も作らずに食べるだけよ。兄さんにそうするようにって言われてるから」

弥吉《やきち》に伴《ともな》われてお登代が厨に入ってきた。

「味見をして優劣をつけるのは、お登代の役目にしました。大丈夫です、お登代の舌は、こと味に関しては、たとえわたしの料理でも、贔屓目《ひいきめ》に感じてなぞくれはしませんから。なあ、弥吉」

顔を顰《しか》めた邦助に相づちをもとめられた弥吉は、

「ええ、まあ」

言葉を濁した。

「いいんだ、本当のことを申し上げろ」

邦助が語気荒く促すと、

「てまえも時折、若旦那様やお嬢様に、思いついた料理を作るよう言われることがあるんです。てまえなんか、育ちが育ちですから、そうそう気の利いた料理はできないんですが――」

弥吉は土間に目を落とした。

――あらあら、厨遊びが高じて、常から、奉公人を巻き込んでの料理競《くら》べをしてるってわけね。奉公人が勝つのも善《よ》し悪《あ》しだろうし、可哀想《かわいそう》に、弥吉さん――

「家が深川なもので、浅蜊《あさり》を出汁《だし》で煮て飯にかける深川丼だけはそこそこの味で、お嬢様に褒めてもらったことがありました」

顔を上げた弥吉は、はにかんだように笑って、

「でも、それ一度きりですよ、後にも先にも。お嬢様のお指図で石竈の前に陣取り、カステーラとやらが焼ける間のお守りをするのも容易じゃなくて、何度もしくじってお目玉を食らってたような、うっかり者なんです、それも近頃は勘所《かんどころ》がわかるようになって――あれは底の焦げ具合が大事なんです。お嬢様のおっしゃる通り、あの黒いざらめのところが美味《うま》く焼けているのが、カステーラの醍醐味《だいごみ》なんです」

「おまえの御託《ごたく》はもういい。それより、言うべき本当のことは、まだあるだろう?」

痺《しび》れを切らして、邦助は弥吉の話を遮《さえぎ》った。

「そうでしたか? すみませんでした。けれど、てまえはお嬢様の舌がどれほど正直で優《すぐ》れているか、申し上げようと思っただけで――ただそれだけで――」

弥吉はうつむいた。

「よくわかりました」

季蔵は二人に笑顔を向けて、

「お登代さんは身贔屓などなさらない、そう信じて料理を作らせていただきます」

きっぱりと言い切った。

――さすが季蔵さん――

どうか、季蔵さんの料理に軍配が上がりますようにと、おき玖は心の中で手を合わせた。

「今、すぐ鮪を運んできておくれ」

邦助が命じ、

「わかりました」

弥吉が飛ぶように厨を出て行った。

「ここに用意してあるものとばかり――」

思わず洩《も》らしたおき玖に、

「わたしは特上を用意してあるとは申しましたが、ここにあると言った覚えはありません」

「でも、今時分どこにあるというのかしら？」

　おき玖は不審な目になった。

「わたしが特別に借りている、本小田原町の海産問屋江波屋《えなみや》の氷室《ひむろ》の中です。本小田原町までは行って帰ってくるまで、半刻（約一時間）はかかります。今、しばらくお待ちください。シビをご存じでしたら、わたしの用意が周到だとおわかりいただけるはずです」

「シビなら知ってますよ」

　おき玖は思いきり口を尖《とが》らせて、

「鮪のまたの名でしょう」

と続けた。

「『慶長見聞録』に、〝シビと呼ぶ声の死日と聞こえて不吉なり〟とありますね」

　季蔵が言い添えた。

「ほう、あなたは『慶長見聞録』をご存じでしたか。ならば、あなたはあの一言をどう解します？」

「言葉通りですと、鮪喰いを戒《いまし》めているのだと思いますが、シビに死日を掛けて、鮪は、獲《と》ってすぐ食べないと味が落ちると、食べ方の指南をしているようにも思えます」

　季蔵は思ったままを口にした。

「ところで、鮪がこうも見くびられているのは、なにゆえだと思いますか？」

邦助は畳みかけてきた。

――試しているのね。馬鹿にしているったらない――

むしゃくしゃしてきたおき玖は歯を食いしばった。

「脂の少ない初鰹《はつがつお》に血道を上げる江戸っ子たちが、すぐに腐ってしまう鮪の脂身をもてますせいでしょう。〝大魚（おふを）よし〟は昔から鮪の枕詞《まくらことば》です。昔から豊漁なのも、粗略にしてきた理由かもしれません」

季蔵が応えると、

「脂なら秋刀魚《さんま》も鰯《いわし》も相当なものです。下魚ではありますが、皆、安くて美味《おい》しいと喜んで膳に上らせているではありませんか？」

邦助はしてやったりという顔をした。

「たしかにそうでした。わたしはもう応えられません」

季蔵は微笑《ほほえ》んで白旗を揚げた。

「それはあなたが料理人とは名ばかりで、鮪と真剣に取り組んでいないからです」

邦助は剣のような鋭い言葉を向けてきた。

「それもその通りです。ここまで人気のない魚を、品書きに加えることはできませんでした」

「では、どこで鮪料理を口にしたのです？」

「それは――」

季蔵は約《つづ》まやかな母の手料理の話をした。

「というと、子どもの頃の思い出の味ですね」

——また、料理人らしくないと馬鹿にするのかしら？——

おき玖は案じたが、

「ならば確かですね」

なぜか、邦助は合点した様子で、

「子どもの頃覚えた味ほど、鮮烈で忘れ難いものはありません」

初めてすっきりした笑みを浮かべて、

「それでは、どんな鮪料理を考えているのか、是非とも教えてください。お登代、書くものを持って来ておくれ」

妹を母家へ行かせた。

季蔵とおき玖が、お登代が持ってきた紙の上に各々《おのおの》の料理を書き記すと、

「季蔵さんのは焼いた鮪料理が多いが、おき玖さんの方は、ほぼ生の鮪料理ですね」

邦助は浮き浮きした様子を隠せず、

「これを見てください」

別の紙に大きな魚を描くと、

「これから、鮪のどこをどう食べるのがいいのか、お教えします」

——やっぱり、偉そうね——

そうは思ったものの、おき玖は興味津々で邦助の手元と言葉を待った。

――鮪が俎板《まないた》に載っているのを見たことないのは、おとっつぁん、誰も見てないところでこっそり捌《さば》いてたのね――

おき玖が季蔵の方を見ると、

――わたしも鮪だけは塩梅屋《あんばいや》でもとめたことがないのです――

その目は頷《うなず》いて、

「こと鮪に限っては、恥ずかしながら、素人《しろうと》同然ですので、どうかよろしくご指南ください」

邦助の前に頭《こうべ》を垂れた。

二

「鮪はどこも余すところなく美味い魚ですが、わたしは生で食べるのが一番だと思っています。ですから――」

邦助は朱筆に持ち替えて、まずは頭と尾の部分に縦線を引いた。

「頭と尾以外の胴体の部分はすべて、生で食べて美味しいところです」

さらに邦助の朱筆は鮪の絵の胴体の中央に楕円《だえん》を描くと、背中に二箇所、腹部に二箇所、短い縦線を入れた。

「中央は好まれている赤身で、葱鮪にするのもこの部分だけです。後は捨てられてしまっている部分なのですが、背中の頭寄りが背かみ（中とろ）、中ほどが背なか（中とろ）、尾寄りが背しも（中とろ）、同様に腹の頭寄りが腹かみ（大とろ）、中ほどが腹なか（中とろ大とろ）、尾寄りが腹しも（中とろ）です。これらの部分はどこも生で食べられますが、問題は筋です。鮪の生はとかく、筋が口に残って美味さを損なうのが難なのです。背、腹どちらも、かみは筋が太く、しもは細くなります。筋が無いのはなかの部分で、背、腹とも、鮪の生はなかが最高です」

——生半可《なまはんか》な知識ではない、たいしたものだ。よほど熱心に鮪や料理に造詣《ぞうけい》を深めてきたのだろう——

季蔵は感心して、

「勉強になりました」

知らずと頭を垂れていた。

邦助の説明が終わるとほどなく、氷室から鮪が運ばれてきた。

「さて始めるとするか」

まぐろ包丁を手にした邦助は見事な包丁捌きを披露しながら、大きな鮪から、背側、腹側、赤身のさくをたっぷりと切り取った。

「あら、づけではなくてお刺身？」

おき玖は目を丸くした。

邦助は腹と背のなかの部分を刺身に切って皿に並べて、

「どうです？　なかなかいい色でしょう？」

「たしかに背なかの刺身が桃紅色なら、腹なかは見事な桜色だわ。脂が多いほど紅色がうっすらしてる」

――でも、味の見当はつかない。おとっつぁんのは叩《たた》いてあったから、鮪のどこかもわからなかったし、葱やお味噌《みそ》の風味が強かった――

「溜《た》まり醤油《じょうゆ》や山葵《わさび》も特上のものを用意してありますから、是非食べてみてください」

弥吉が醤油と山葵が載った小皿と箸《はし》を二人に渡すと、

「あたしも食べたい」

お登代がせがんだ。

「そうだった、ごめんごめん、お登代が勝ち負けを決めるんだったね」

邦助は妹に優しく詫《わ》びた。

こうして、季蔵とおき玖は刺身の鮪を、それも常には食べられていない脂身を口にした。

背なかの一切れを飲み込んだ季蔵は、

――おおっ――

美味な食味にぞっとした。

――脂身だというのに特有の臭味がまるでなく、嚙《か》み味よく、さらりと喉《のど》を通る――

思い切って、腹なかの桜色から試したおき玖は、

「これって――」

驚きが感動に先んじて絶句した。

──とろりと甘い風味の良さが、おとっつぁんの叩いてくれた鮪とは比べものにならない。脂がこれほど美味しいなんて──

この後、季蔵は腹なかに、おき玖は背なかに箸を伸ばさずにはいられなかった。

──背と腹で味わいが違いながら、どちらもこれほど美味しいとは──

季蔵の身の毛はよだち続けている。

「桃の花が咲いて、ほどなく桜になるんだから、あたしは欲張ってどっちも食べたいわ」

おき玖がふと洩らすと、

「あたしもそうだけど、赤身の牡丹《ぼたん》の色も好き」

並んで食べていたお登代が、にこにこと笑って相づちを打った。

「なるほど」

お登代に向かって頷いた季蔵は、

「お客様にお出しする、鮪の刺身の盛り合わせには、赤身も加えてはと思いつきました。赤身にも、背なかや腹なかにはない、あっさりした独特の食味があり、何より、皆さんにはお好みでしょうから」

と邦助に話しかけ、

「比べて味わうと三種三様に味が引き立つわね」

おき玖はすかさず合いの手を入れた。

「おや、やっと、鮪の刺身を認めていただけたようですね。こりゃあ、また、論より証拠とはよく言ったもんだ」

邦助はやや忌々《いまいま》しげに呟《つぶや》いたが、

「料理は常に論より証拠ですよ」

季蔵はさらりと躱《かわ》して、

「それではお嬢さん、こちらも鮪の生料理を作らせてもらいましょう」

おき玖に声を掛けた。

「今更、葱鮪や味噌叩き？」

おき玖は首をかしげ、

「葱や味噌で味つけした鮪で、刺身に勝とうっていうんですか？」

思わず弥吉が口を挟んだ。

「よっ、これぞ生鮪勝負」

お登代が甲高《かんだか》い声を上げて、

「兄さんは鮪は刺身って決めてて、あたし、生の鮪は刺身しか食べたことないから、それ、とっても楽しみだわ」

「本当にいいの？」

おき玖は声を潜めて不安を口にすると、

「大丈夫ですよ、お嬢さん。ほかならないとっつぁんの料理なのですから、自信を持って行きましょう」

季蔵はからりと笑った。

こうして、おき玖の助言で季蔵は葱鮪と鮪の味噌叩き、鮪皮の酢味噌和《あ》えを作った。葱鮪は腹かみを叩いてみじんに切った葱と和えて、山葵醤油を垂らしたもので、味噌叩きは背かみを叩き、みじんの葱と味噌で味つけする。

「味噌叩きは盛りつけが綺麗ね」

お登代は目を細めた。

味噌叩きは大きな四角い皿に丸い小さな皿を載せ、そこに盛りつけて、芽ジソと戻して食べやすく切ったワカメを添える。

最後の鮪皮の酢味噌和えは、まずは、炭火でさっと炙《あぶ》った鮪皮を千切りにして、横長の大きな皿の手前に盛りつける。梅風味の煎《い》り酒を隠し味に用いた酢味噌は、別の小鉢に入れて鮪皮の上に置き、戻したワカメ、千切りにした胡瓜《きゆうり》、蒸した葱の茎を色良く横に並べ、箸でそれぞれを酢味噌に浸して食べる。

「今の時季にぴったりの、何って、典雅なお料理なんでしょう」

お登代はため息をついて、

「一つ、訊《き》きたいことがあるんだけど」

ぽーっと頬《ほお》を染めて季蔵を見つめた。

「どうぞ、何なりと」

「葱鮪と鮪の味噌叩きは、たれに山葵醤油を使うか味噌にするかの違いよね。なのに、どうして、違う味の鮪を使い分けるの？」

「どちらも叩いてしまうので、筋が多いかみの部分を使いました。葱鮪に脂の多い腹かみを使ったのは、江戸っ子好みの山葵醤油で、はっきりしていながらも、あっさりした味に仕上げたいからです。一方、味噌そのものが濃厚で深い味わいの味噌叩きにまで、腹かみを使ってしまうと、くどくなりすぎると案じて、背かみに変えてみたのです」

「たれの違いで、鮪を使い分けたというわけね」

「とはいえ、刺身には敵《かな》うまいよ。調味が素の味に敵うはずなどないのだ」

邦助は妹に同意をもとめて豪語した。

「たしかにそうだけど、あたしはこっちも好き。お刺身が鮪の花なら、葱鮪や味噌叩き、鮪皮の酢味噌和えは実だわ。長く料理をこなしてきた人にしかできない芸当だもの」

お登代は淡々と本音《ほんね》を話した。

「それじゃ、おまえはこのわたしではなく、塩梅屋に軍配を上げるのか？」

邦助の端整な顔が歪《ゆが》みかけた。

「お登代お嬢様」

弥吉がおろおろと案じる声を出した。

「兄さんは勝ち負けが好きだけど、あたしは引き分けが好き。生鮪の料理勝負、引き分けなりぃ――引き分けなりぃ――」

お登代が無邪気に叫び続けると、

「わかった。その代わり、鮪喰いの宴は生鮪に限らせてもらおう。皆が鮪はこれに限ると言って食っている葱鮪を含めて、火を通した鮪喰いなど、鮪喰いの風上《かざかみ》にも置けない」

邦助は季蔵を睨《にら》み据えて言い切った。

「あら、そんなの嫌だわ」

お登代は聞き分けなかった。

「あたし、季蔵さんのお料理がもっと食べたい。焼いたって、煮たって、そんなの、どうでもいいんだから。ようは美味しい鮪料理なら何でもいいの」

「その通りです」

季蔵は大きく頷いて、

「お気に召したら、宴に加えていただくことにして、まずは作らせていただきます」

七輪に火を熾《おこ》し始めた。

かんかんに熱した小さな鉄鍋の底に、腹なかのサクを人指し指ほどに切った一切れを、箸で摘《つま》んで押しつける。じゅっと音がしたとたん、裏に返してまたじゅっと焼く。

「炙り鮪でございます。さっと炙るだけの生煮えの旨味を召し上がっていただくので、刺身にする腹なかを使いました」

季蔵が塩だけで食べるように勧めた。

「極上の味の脂身が炙られて香ばしさを醸しておりますので、たれなど無用かと思いますが、どうしてもとおっしゃる向きには、がんと強烈な山葵醤油ではなく、梅風味の煎り酒を垂らした、優しい風味の酢を振りかけていただければと思います」

三

「炙っただけじゃ、半生ってことだろう？　中途半端な料理だな」

苦い顔で炙り鮪を摘んだ邦助は、

「ふーん」

驚きを知らずと浮かべた笑みに洩らした。

「こりゃあ、鰹の叩きも顔負けだ」

「こんな鮪料理、あたし食べたこともないわ」

お登代が呟いておき玖も頷いた。

「子どもの頃、活《い》きのいい鮪が手に入った時、母が拵えてくれた、素人料理ですよ」

「このほかのあんたの鮪料理も、おっかさんが工夫してたっていう、素人料理ばかりなのかい？」

邦助は興味津々である。

「恥ずかしながら」

応えた季蔵は火の熾きている七輪に丸網を載せて、酒に浸して臭味を抜いた鮪の頬肉《ほおにく》をじっくりと焼き、仕上げに塩と胡椒《こしょう》をふりかけた。

「これが鮪の頬肉焼きです。何度か食べたもんじの嚙み応えに似ていて、食べ盛りの頃はこれが一番好きでした」

季蔵が説明を終えると、

「あと幾種、鮪料理はあるの？」

お登代が無邪気な顔を向けた。

「わたしの料理が二種、最後は先代塩梅屋の血を引くお嬢さんの料理で締めていただくつもりです」

「それだったら、あと三つの料理をいただいたところで、どれが一番か決めることにしない？　いただいた感想は後でまとめて言うことにして――」

お登代に相づちをもとめられた邦助は、

「おまえがそうしたいなら、それでいい」

妹を見る目だけは相変わらず優しい。

「では続けさせていただきます」

季蔵は背かみと背しも、腹かみと腹しも、各々のサクから切り取ると、俎板に載せて叩き始めた。

「へえ、鮪のつみれかい？」

邦助の問いには応えず、叩き終わったところで、少々の酒と味醂風味の煎り酒を加えて練り、小指の先ほどの俵型《たわら》に丸めて木串に刺し、頬肉同様七輪の丸網の上で焼き上げる。

「鮪のつくね串焼きでございます。わが家ではこのために、もとめた団子の串は捨てずに取っておくように言われました。ただつくねに焼いて箸を使うよりも、串を手にして食べた方が心が浮き立つだろうからと、母は言っていました」

「どうして、鮪のいろんなところを使うの？」

お登代はなかなか観察が細かい。

「それぞれに筋の太さの違いや多少、脂の多少があって、これらが混じり合うと予期せぬ旨味が生まれるからです」

次の鮪の鍋照り焼きには、細かい筋はあるものの比較的脂の少ない、背しもと腹しもが使われた。

これらを賽子《さいころ》型に切り揃《そろ》えてうすく小麦粉をまぶし、油を引いた鉄鍋で焼きながら、醬油と酒、味醂を混ぜ合わせた濃いめのたれを絡めて皿に盛りつける。これに酢を落とした湯に割り入れて半熟に仕上げた卵を添え、この半熟玉子を箸で崩しながら、鮪の照り焼きと合わせて食する。

「鮪のつくね焼きを作った後の残りの鮪で母が拵えてくれた料理です。台所が苦しいと卵は添えられていないこともありました」

最後はおき玖が鮪脂身の土鍋蒸し改め、変わり葱鮪に取りかかった。

「これには葱鮪にする赤身の鮪の代わりに、一番脂の乗っているところを使います」

すでに竈《かまど》に火が入っている。

おき玖は腹なかを俎板の上で薄切りに仕上げた。きりりと眉《まゆ》を上げての包丁遣いは鮮やかであった。

まずは土鍋に薄いそぎ切りの葱を敷いて、揃えて縦薄切りにしてある冬瓜《とうがん》と胡瓜を重ね、ほんの一振りの酒と塩を振りかけ、蓋《ふた》をして竈にかける。

「ここで青物が煮えるまで三百数えます」

数え終えたおき玖は、蓋を取って用意してある鮪の薄切りを花のように並べると、また蓋をした。そして、

「一、二、三、四、五」

すぐに土鍋の蓋を開けた。

すでに鮪はつやつやと薄紅色に蒸し上がっている。

「たれなしでも美味しいはずですけれど、どうしてもとおっしゃるなら、お勧めは昆布《こんぶ》風味のあっさりした煎り酒でしょうか？　あと、酢に適量のお醬油を垂らした、くどくはないのにはっきりした味のたれも、江戸っ子好みかもしれません」

邦助、お登代、弥吉の三人は炙り鮪からはじまって、ずっと火の通った鮪料理を賞味しつづけてきている。

「それじゃ、お点をつけさせていただきまあす。火の通った鮪料理で美味しかったものを一人、二品まで書くこと」

お登代が目で頷くと、

「はいはい、ただいま」

弥吉は紙と硯《すずり》を各々邦助とお登代の前に置いた。

「あら、弥吉は？」

お登代に咎《とが》められて、

「わたしはただ、ご相伴《しょうばん》にあずかっただけでございますから」

しどろもどろの弥吉を尻目に、

「駄目、駄目、弥吉も点をつけなければ、つまらない。点をつける人は多い方が面白い。ねえ、兄さん、そうよね」

お登代は引き下がらない。

「たしかにな」

邦助は渋々頷いた。

「それでは、わたしはこれで」

弥吉は帯に挟んであった矢立《やた》てと懐から料紙を取り出した。

しばし三人は筆を使い、

「それではあたしから言います。炙り鮪が一番で、その次が鮪のつくね串焼き。炙り鮪については言葉では言い表せないほど美味しい。つくね串焼きは鮪の旨味がぎゅっと詰まってるって感じで、串を手にして食べるのも楽しい。これ、きっと、夕涼みの舟の中で食べるお弁当にもいいわね」

お登代が先陣を切った。

「炙り鮪が一だというのは同じだが、次はわたしなら変わり葱鮪だ。これは一見、簡単な料理に見えて奥が深い。さっと火を通すだけなので、鮪も青物も素材が極上でなければならない上に、わずかの間の火の通し方に絶妙な技が必要とされる。これは炙り鮪とも共通している。生に近い鮪料理だと思う。今まで、鮪は刺身以外話にならないと思い込んでいただけに、新鮮でうれしい驚きだった」

邦助は季蔵とおき玖の両方に微笑みかけた。

この後、しばらく言葉が絶えた。弥吉が口を開かずにいたからである。

「弥吉、どうしたの？」

「弥吉――」

お登代と邦助に催促されて、

「はい」

弥吉は当惑顔で応えると、

「これだと思っている料理のうち、どっちを上にしていいか、わからないものですから――」

「それじゃ、これぞと思う料理について話すだけでいいわ」

「卵とたれと鮪が、とろとろ舌にまとわりついてくる鮪の鍋照り焼きで、好きなだけ飯が食えたら、どれだけ幸せだろうかと思いました」

「だったら、一番は鮪の鍋照り焼きじゃないの？」

「ええ、でも、それは飯を食う時のことで、酒となるとこれはもう、鮪の頬肉焼きに敵いません。これで酒を飲み始めたら止まりそうにないからです」

「潰れた卵がぐしゃっとたれに混じる鍋照り焼きと、ももんじもどきの頬肉焼きか──」

邦助はふんと鼻を鳴らし、

「そんな食い方が一番、二番と言われては、鮪も憤慨するだろうよ」

蔑《さげす》むように弥吉を見下して、

「炙り鮪の美味さがわからないとは、おまえの舌は粗雑すぎる」

「炙り鮪の美味しさは高級すぎて、あんまりあっけないもんですから」

弥吉がうつむくと、

「それも一理あるわね」

頷いたお登代は、

「それにあたしも、お酒の肴《さかな》に何が一番かって言われたら、迷わず、胡椒の辛味が何ともいえない頬肉焼きだろうし、お腹《なか》がとっても空《す》いてたら、鍋照り焼きで何膳もお代わりをしたいわ。弥吉は兄さんと違って、美味しいものを食べ歩いてはいないんだし、あたしだって、そういうとこへ連れて行ってもらったことない」

兄に向けて唇を尖らせた。

「それはおまえが酒好きとわかって、家で舐《な》める程度はいいが、他所《よそ》の酒の味を覚えさせては、危ない目に遭いかねないと案じたからさ」

邦助は、初めて説教じみた物言いをした。

一方、お登代は、

「お点は炙り鮪二点、あと変わり葱鮪、つくね焼き、頬肉焼き、鍋照り焼き、それぞれ一点。決めた。鮪喰いの宴の御料理は、葱鮪や生の料理も含めて、塩梅屋さんが拵えてくれたもの全部にしましょう。鮪尽くしなんていう勿体《もったい》ぶったものじゃなくて、これぞ鮪三昧《ざんまい》。いいでしょ、兄さん」

季蔵を見つめてにっこりと笑った。

四

「鮪三昧とは豪快で楽しそうね」

おき玖は相づちを打ったが、眉間《みけん》に皺《しわ》を寄せている邦助の機嫌は治らず、

「料理もこうして揃ったことですし、若旦那様、そろそろ空き蔵の方の段取りもつけませんと――」

弥吉がおずおずと声をかけた。

「わかっている」

ぶすりと応えた邦助は、

「料理に合わせて膳や皿小鉢を選び、宴を催す蔵に並べてみるつもりなんですよ。伯父は

あの通りの幽霊好きですが、代々骨董《こっとう》を商っているこの山本屋には、かなりの漆器《しっき》や瀬戸物の膳や器が揃っているんで、皆さんには、料理と一緒に、そんな逸品の数々も幾つかお目にかけたいと思いましてね――」

「跡を継がれる方にふさわしいご配慮と感じ入りました」

絵に例えれば、料理は描かれている木々や人の姿である。盛りつける器は決して、おざなりにできない、空や空白等の背景である。それだけに、器次第で料理が引き立ちもするし、その逆もある。料理の味は舌だけで決まるのではなく、器の色や模様に見惚《みと》れる目、器を手にした時の温かみや涼やかさといった触り心地も重要なのである。

季蔵は料理人の性《さが》で、かねがね、贅《ぜい》を尽くすだけではなく、この料理はこの器に限るといった具合に、凝りに凝った盛りつけを目にしてみたいと思っていた。

――是非、器選びを見てみたいものだ――

そう思ったものの、口に出しかねていると、

「どうか、料理の作り手のあなたにも、器選びに加わってほしい」

「ありがとうございます」

季蔵は深々と頭を垂れた。

「それでは、若旦那様が選ばれている輪島《わじま》や会津《あいづ》、九谷《くたに》や美濃《みの》を空き蔵に移します」

庭の方から数人の足音と声が聞こえてきた。季蔵の気づかぬうちに夜が明けていた。

弥吉が厨を出て行き、

「膳だけでもかれこれ、五種類も選んでしまってね、金箔が張ってあるのばかりなんだが、これでいいものかと、何とも絞るのはむずかしい」

邦助は自慢げな様子もなく、さらりと本音を洩らした。

この時、ごろごろと雷鳴が轟《とどろ》き、ほどなく地を打ち付けるような雨音が続いた。

「遅いな」

しばらくして邦助は苛立《いらだ》ちの声を発した。

「器を運び込むだけだというのに遅すぎる」

「雨のせいよ」

お登代は弥吉を庇《かば》った。

すると、そこへ、

「大変です」

ざんぶりと水を浴びた様子の弥吉が走り込んできた。恐ろしいほど青ざめきっている。

「塗り物や瀬戸物の入った箱を濡《ぬ》らしでもしたのか？」

邦助は案じ、

「いいえ、大事なものには雨露一滴かかっておりません。ただし、先ほど、膳や器選びをするために、蔵から空の長持ちを運び出しました。別の蔵に移す前に、虫干しを兼ねて、中庭に重ねたんですが――」

弥吉は言葉を震わせた。

「あれらはたしかに古い良いものだが、それほどの価値はない。もとより、売り物ではないし、幾らか濡れたとしても、乾かして蔵で容《い》れ物に使えばよい」

「長持ちも全部無事です。急いでお店の土間に運び込みました」

「それではどうして、おまえはそんなに怯《おび》えているんだ？」

邦助は怪訝《けげん》そうに首を捻《ひね》った。

「あの長持ちは全部空のはずでした。運び出した時、確かめています。ところが、どっしりと重い一つがあって、蓋を開けてみると、女が一人死んでいました。うちの奉公人ではありません」

それを聞いたお登代は、

「長持ちの中で人が死んでるですって？」

ぐらりとその場に倒れかかって、

「お登代、大丈夫だ」

邦助が駆け寄った。

「どうしたものかと――」

弥吉は邦助の答えを待っている。

「番屋にはまだ報《しら》せるな」

邦助はかん高い声を上げて、

「人が死んでいる、死んでいる、どうして死んでいるんだ？」

ぶつぶつと呟き、

「死んでるのは人なのよ、兄さん、どうしよう？」

お登代は邦助にしがみついた。

「どうしようもこうしようもないんだ、死んでいるのは仕方のないことだ」

「嫌だ、嫌だよ、兄さん、あたし、怖い、怖い、嫌だ」

とうとう邦助とお登代は抱き合ったまま、腰が抜けてその場に座り込んでしまった。

「怖い」

「大丈夫だ」

「だって――」

「そのうち慣れる」

そんなやり取りを繰り返しているばかりで、二人は季蔵たちがその場に居合わせていることさえ、すっかり、忘れているかのように見えた。ここがどこであるかさえも――。そのうちに言葉が途切れて、震えのあまり、歯の根が合わない、がちがちという音だけになった。

――何とか、正気を取り戻して貰《もら》わなくては――

目が合ったおき玖は、

「ここはあたしが見ています。おとっつぁんに死なれた時のことを思い出せば、何とか、お二人に落ち着いてもらえると思うわ」

湯呑《ゆの》みを用意して水桶《みずおけ》に走り寄り、

「まずはお水、その次はお茶。だんだん、しゃんとしてくるはずよ。季蔵さんは死んでいる女の人を見てあげて。その人だって、まさか、長持ちの中で死のうとは、思ってなかったはずだもの」

目を瞬《またた》かせた。

「ご案内します」

季蔵は離れの厨を出て弥吉のあとをついていく。

「若旦那様とお嬢様は大丈夫でしょうか？」

振り返った弥吉の顔は、まだ青い。

「おき玖お嬢さんに任せておけば、ほどなく気を取りなおすはずです。ところで、よろしいのですか？　主《あるじ》の光右衛門《こうえもん》さんに骸《むくろ》やお二人の様子を報せなくても？」

「今、わたしが伝えたら、後で若旦那様に叱《しか》られてしまいます。常は気丈な若旦那様ですから、まるで幼子《おさなご》に還《かえ》ったかのような、あのような怯えた様子は、誰にも知られたくないはずですし。いずれ若旦那様からお伝えになるでしょう」

弥吉はそう言い切って、骸の入った長持ちが置かれている物置小屋の板戸を開けた。

長持ちは蓋が開けられたままで、中の骸は仰向《あおむ》けに横たわっている。

――これは――

思わず季蔵はあっと叫びそうになった。

――紛れもなく、あのお露《つゆ》さん、いや、お光《みつ》さんだ――

季蔵は洗いざらしの粗末な縞木綿《しまもめん》を着て、ぽっかりと虚《うつ》ろな目を開けているお光の整った顔を見つめた。額が熟した石榴《ざくろ》のように割れていて、すでに生前の妖《あや》しいまでの華やかさとは無縁である。

お光の目を閉じさせた季蔵は、

「この女《ひと》を見かけた人はいないのですか？」

と訊いた。

こうして死んでいる以上、お光が山本屋まで足を運んで来たのは事実だった。

「いいえ、誰も知らないと言ってます。どうして、こんな見知らぬ女が、よりによって、うちの長持ちの中で死んでいるのか、見当がつきません」

「すみませんが、布団をここへのべてください」

「もしかして――」

弥吉はびくっと肩を震わせた。

「せめて手足をのばして寝かせてあげたいのです」

「ですが、それではここに、ひいては山本屋に穢《けが》れがつきます。その額の傷、まるで四谷怪談のお岩《いわ》ですよ」

言い張る弥吉に季蔵は再度強く言い、布団を用意させると、腰を屈《かが》めて長持ちから骸を抱き起こし、そっと布団の上に横たえた。

その時、お光の袂《たもと》からぽろりと鼈甲《べっこう》の簪《かんざし》がこぼれ落ちた。桜の花の形をしている。

──これがとっつぁんとお嬢さんが昔、見かけたという、貞吉《さだきち》さんのお光さんへの愛の証だったのだな。そんな大事なものが今、こんなところにあるとは──

季蔵はこみあげてくる感慨を押し殺して、

「この長持ちのあった場所へ案内してください」

弥吉に向かってやや語気を荒らげた。

「はい」

こうして季蔵は、三十棹《さお》もの長持ちが二段に重ねられていたという、中庭に立った。すでに雷雨は止み、主光右衛門の部屋の縁側から見渡せる中庭には、四季折々の草木のほかに、見事な御影石《みかげいし》の手水鉢《ちょうずばち》が設《しつら》えてあり、そよりと風が頬を撫《な》でた。

「ここは夏、風通しがいいので、旦那様が気に入られて、ご自分の部屋を移させたんです。夏が出番の幽霊には風が欠かせないそうで」

弥吉は真顔で説明する。

五

丹念に庭を見回した季蔵は山椒《さんしょう》の木の下に目を注いだ。

根元に鼻緒の切れた下駄が片方落ちている。近づいて拾い上げた。

──女物だ──

季蔵はお光を長持ちから布団の上に移した時、下駄を履いていなかったことを思い出した。

もう片方はないかと探すと、手水鉢の近くの草むらから鼻緒が顔を出していた。

――鼻緒の色は紫紺、これと同じだ――

ふと気になって確かめると、手水鉢に溜まっている雨水の色は赤かった。

――御影石ゆえ鉄の色で赤くなることなどありはしない――

すると突然、

「大変だ、大変だ、誰か来ておくれ」

部屋の中から光右衛門の悲鳴のような大声が聞こえた。

――おおかたお光さんの骸のことが耳に入ったのだろう――

「旦那様」

弥吉が応えると、縁側に立った光右衛門は、

「大事なお宝が盗まれてしまった」

今にも泣きだしそうな顔で訴えて、手にしていた文箱《ふばこ》を逆さに振って、

「ここに龍生寺で拾った幽霊の簪をしまっておいたのだ。出かける前に一目見ておこうと思ったら、ないのだ。毎日、朝夕にこれを眺めるのが何よりの楽しみだったというのに――」

声を詰まらせた。

──そうか。あの時、光右衛門さんは、黒装束のお光さんが落としていった簪を拾い、幽霊の落とし物だと信じてお宝にしていたのだな──

「それはどんな簪でしたか?」

季蔵は訊かずにはいられなかった。

「簪は綺麗な女の幽霊のものだもの、それはそれは見事な彫りの桜が咲いていた」

──ああ、やはり──

「今回の宴で披露し、自慢しようと思っていたのだよ。いったい誰がこんな酷いことをしたのだろう?」

諦《あきら》めきれない光右衛門は、疑わしげな目をじろりと弥吉に向けた。

「め、滅相もございません」

弥吉はまた青ざめた。

「店の誰かにその簪の話をなさったことはありますか?」

季蔵が訊くと、

「あの龍生寺のお堂に居合わせた時、お役人にもこれだけは話さなかったんだ。もちろん誰にも話していない。わたし一人だけの秘密にしていた」

「ならばお店の者が過《あやま》ちを犯すことなどありはしません」

季蔵は言い切った。

この後、光右衛門もまた甥《おい》や姪《めい》たちに似て、心のタガが外れて、放心状態となり、

「幽霊の簪、簪、簪」

と呟き続けた。

「大番頭《ばんとう》さんを呼んでください」

頼むと、よろよろとした足どりで駆けつけてきた大番頭は、

「今、あの骸を据物《すえもの》師のところへ運ぼうとしていたところです。長持ちといえども、うちの品は年代物の骨董ですので、そこから骸が湧いて出たなんて、世間様に知られたら、どんなことになるか——。骨董屋に凶事は禁物。今まで、旦那様の幽霊好きは笑い話で済んできましたが、骸入りの長持ちの話ともなれば、あそこの店の品には、本物の幽霊が取り憑《つ》いているという評判が立って、たちまち、商いに響きます。そもそも、うちの者でもなく、どこからか舞い込んできた迷惑な骸ゆえ、番屋に届けるつもりは毛頭ございません」

白髪《しらが》頭を振り立てて、先代の頃から、商いと忠義一筋に励んできた皺深い顔を真っ赤にした。

——この剣幕では、もはや、ここでは田端《たばた》様や松次《まつじ》親分のような町方を呼ぶことはできない——

「それでは、わたしが骸を引き取らせていただきますので、どうか、据物師のところではなく、塩梅屋までお願いします」

「そうですか、お願いできますか」

大番頭はほっと胸を撫で下ろした。

こうして、器選びどころではなくなった季蔵とおき玖は、お光の骸の乗った大八車と一緒に山本屋を辞した。

骸はおき玖が言い出して、塩梅屋の離れに敷いた布団の上に、長次郎《ちょうじろう》が供養されている仏壇の前に横たえられた。

「おとっつぁん、あの時のお光さんですよ。どうして亡くなったのかは、まだわからないけれど、そのうち、そっちへ行くでしょうから、成仏できるよう、願って見守っていてあげてね」

おき玖は仏壇と骸の両方に手を合わせて、線香を絶やさないようにした。

文をしたためた季蔵が、松次のところに使いをだすと一刻（約二時間）ほどして松次が田端を伴って塩梅屋の離れを訪れた。

「気に入らねえな」

松次は開口一番、季蔵を睨み据えて、

「山本屋で仏が出て、そいつがあの喜之助《きのすけ》殺しのお露、いやお光だってえのに、何ですぐ知らせてこなかったんだ？　俺たちは血眼《ちまなこ》になって下手人お光を探してたんだぜ。そいつが何の関わりもねえ山本屋の長持ちの中で、額を割られて死んでたとなりゃあ、喜之助殺しには、きっと片棒を担いでた奴がいるにちげえねえ」

頭から湯気を出している。

「文にはくわしい話は会った時に話すと書いてあった。まずは、おめえさんの話を聞かせてくれ」

長身を二つに折るようにして、骸の枕元に座った田端は、相変わらずの無表情を向けている。

「お光さんをここへ運んだのは、山本屋さんが迷惑がっただけのことではありません。なぜ、お光さんがあの店の長持ちの中で死んでいたのか、謎《なぞ》が解けたからです」

「へえ、殴り殺した奴でもわかったのかい？」

松次の目がぎらりと光った。

「お光さんは殺されたのではないと思います」

「それじゃ、どうして長持ちの中で仏になってたんでえ？」

「黒装束姿になって、張り子の白無垢《むく》幽霊を操って逃げたお光さんが、山本屋のご主人と出遭ってしまったのはご存じですね」

田端は黙って頷いた。

「その時、お光さんはご亭主の貞吉さんから、夫婦《めおと》になる時に贈られて、肌身離さず持っていた、大事な鼈甲の簪をうっかり落としてしまったのです。これを拾った山本屋さんは、幽霊の落とし物だと喜んで持ち帰り、文箱に入れて、朝に夕に楽しんで眺めていました。落としてしまったことに気づいたお光さんは、後で拾いに戻ったのでしょうが、見当たらず、山本屋さんが拾ったに違いないと確信して、光右衛門さんの部屋が見える中庭に、毎日のように潜んだのではないかと思います。隙《すき》を見て簪を奪い返すためです。それでいよいよ、今日の朝、出立の準備と蔵から長持ちを運び出すのに慌ただしくしている機をとらえて部屋へと忍び込んだのです」

季蔵は片袖にしまっていた桜の形の簪を田端に渡して、

「これは骸になったお光さんが大事に持っていたものです」

受け取った田端は黙ったまま、しばし簪を見つめた。

「簪大事さにお光が山本屋に忍び込んだ理由《わけ》はよくわかったが、どうして、骸になっちまったんだい？」

松次は季蔵に畳みかけた。

「簪を手にして、急いで立ち去ろうとしたお光さんが、縁側から飛び降り、沓脱《くつぬ》ぎ石の上の下駄を履いて走り出そうとした時、おそらくどちらかの鼻緒が切れたのでしょう。焦っていて、勢いが余り、前のめりに転んで額を強く手水鉢に打ち付けてしまった。手水鉢には、後から降りつけた雨水にその時の血が混じっていました」

「となると、お光は姿を隠すために自分から長持ちに入ったのだな」

田端は察した。

「そうです。たぶん、人の声でも聞こえたのでしょう。お光さんはしばし、人の気配がなくなるまで、長持ちの中で時を過ごすつもりだったのだと思います。この時、下駄は脱ぎ捨てられたので、朝方の雨と風で庭に四散したのです。長持ちの中には、僅《わず》かでしたがお光さんの血が付いていました」

「命に関わったのはその額の傷だな」

松次はお光の額に目を向けた。

「なるほど。合点がいった」

そう言いつつも、田端の手はお光の袂や胸元を探って、

「これだな」

人参《にんじん》長寿丸と書かれた袋から赤い薬包を見つめている。

六

「人参長寿丸の空き袋に入っていた」

田端は赤い薬包を開いた。中身はもうほとんど残っていなかったが、白い粉を指ですくって舌に載せると、

「無味だ。喜之助殺しにお光が用いた、石見《いわみ》銀山鼠捕《ねずみと》りに間違いない」

ぺっと松次が差し出した懐紙の上に吐き出した。

この後、

「下手人落命。これにて戯作者《げさくしゃ》殺しは落着」

田端は立ちあがり、松次も後に続いた。

「罪人といえども死んでしまったら仏様なのだから、今更、骸を番屋に引き立てることもない、こちらで存分に供養してよろしいということですよね」

念を押したおき玖に、

「如何《いか》にも田端様らしいおはからいです」

「露草長屋の貞吉さんのところへ戻してあげなくては――でも――」

おき玖は田端が畳の上に残していった、人参長寿丸の袋をじっと見つめて、

「貞吉さん、女房のお光さんが亡くなったことを知ったら、ただでさえ重い病がますます悪くなりそうだわ。人参長寿丸といえば労咳《ろうがい》に効くと言われてる高価な薬。お光さんは貞吉さんのために、この薬をもとめ、二人の絆《きずな》そのものの簪も取り戻そうとしていたわけだから、決して、貞吉さんの病が重くなってなぞほしくないはずよ」

「それでは、お光さんを露草長屋へ連れて行く前に、わたしが貞吉さんの様子を見て来ます」

この日の塩梅屋の板場は三吉《さんきち》に任せて、季蔵は高砂町にある露草長屋へと向かった。

夏空にうっすらと夕闇がかかっている。露草長屋ではどの家でも、女房《かみ》さんたちが七輪を外に持ち出して、菜の煮炊きに精を出していた。ばたばたと団扇《うちわ》を七輪だけではなく、自分にも向けて使いながら、額からどっと吹き出す汗を、首にかけている手拭《てぬぐ》いで念入りにぬぐっている。

「いつまで続くんだろうね、この暑さ」

「まったくさ、たまったもんじゃない」

「暑い時に煮炊きは嫌だね」

「だけど、亭主や子どもにうまいもんを食べさせてやりたいからね」

「そうだね」

「だから仕方ないよ」

「でも、少しはあたしたちの苦労を分かって欲しいもんだ」

「ほんと、ほんと」

そんな言葉を交わしあっている、年嵩《としかさ》の一人に季蔵は話しかけた。

「かざり職の貞吉さんの家はどちらでしょうか？」

「あんた、あの人の身内かい？」

相手は興味津々である。

「身内ではありませんが、昔、世話になったという人に言伝《ことづて》を頼まれているのです。その人は、病が重いと聞いて案じていました」

「そりゃあ、あの人は長く寝ついてる労咳病みだものね。女房のお光さんが、いなくなっちまってから、もう長いこと経《た》つし――」

「あの貞吉さんの家は？」

季蔵は気が急《せ》いた。

「角だけど、あの人はもういないよ」

「まさか――」

「いいや、そうじゃない。捨てる神あれば拾う神ありっていわれてる通りでさ、何日か前に、中谷理斉《なかたにりさい》っていう医者が迎えに来て、連れてってくれた。何でも、ここまで重いと、始終、そばにいて、つきそってて、命を永らえさせるしかないって――。あの医者、見かけによらず、いいとこがあったんだね。あたしたち、あの先生について、げすの勘繰りが過ぎたって、恥ずかしく思ってるんだよ。貞吉さん、何とか、お光さんが戻るまで持ってくれるといいんだけど。医者に付き添われてたら、少しは持つはずだよね？　それともやっぱし、人は寿命通りなのかねえ」

目を瞬かせた女房《かみ》さんに季蔵は、

「中谷先生への過ぎたげすの勘繰りとは？」

訊かずにはいられなかった。

「今更、嫌だよ」

年嵩がなかなか応えようとしないと、代わりに、

「言い出したのはその人だけど、あたしたちも皆、同じに思ってたよ。中谷先生は鶴《つる》が皺くちゃになったような爺《じい》さんだったけど、間違いなく、あの別嬪《べっぴん》のお光さんに気があるってね。お光さんときたら、働きづめに働いてて、何一つ、かまわなくても際立ってて、行く先々で男が色目を使ってきてたからね」

赤子を背負った女が、丸網の上の鯵《あじ》の開きを返しながら言った。

「先生がお光さんに言い寄っていたとでも？」

その女は先を続けた。

「あの先生、自分は労咳の名医なんだって自慢してて、高い人参長寿丸を備えておいて、疲れた時これを飲めば、決して労咳には罹《かか》らないって、誰にでも勧めてたんだよ。自分は、効き目のいい高麗《こうらい》ニンジンを売ってる薬屋に伝手《つて》があるから、安く分けてやれるんだって、恩着せがましくね。あの薬は労咳の特効薬だってことになってるから、お光さんは亭主のために、身を粉《こ》にして働いた銭を注《つ》ぎ込んでたけど、あたしたちの身分じゃ、労咳から身を守るためにしては、高すぎる薬だったんで、誰も買わなかった。それが面白くなかったんだろうね。そのうち、長屋の路地や木戸門で会っても、あたしたちには、挨拶もしなくなったけど、それでいて、お光さんのところにだけは、しげしげ来てて、どう考えても、お光さんの稼ぎで薬代が続くわけなぞないから、狙《ねら》いは知れてるって、皆で噂《うわさ》してたんだ」

「あれはどう見ても、欲張りで助平な医者だったよ」

くるくると大きな目をした一番若いもう一人が言い添えた。

「言伝を伝えなければなりませんので、中谷先生の家を教えてください」

季蔵は薬研《やげん》堀にある中谷理斉の家へと向かった。

日はすでに暮れている。烏《からす》が巣を案じるかのように、カアカアとけたたましく鳴いている。

土塀が張り巡らされている中谷理斉の家は、屋敷と称していいほどの堂々たる門構えで、近づくにつれて、そこはかとなく鼻を突く、蒸れた薬草の匂《にお》いさえなければ、大身《たいしん》の旗本屋敷と見紛うほどであった。

「お願いいたします」

門を入って、玄関口で大声を上げると、断りに出てきた白い上《うわ》っ張《ぱ》りを羽織った年嵩の弟子が、

「もはや治療の刻限は過ぎました。お帰りになって明日また、おいでください」

じろじろと季蔵を見据えて、慇懃《いんぎん》無礼な物言いの後、舌を鳴らした。

「診て頂きに参ったのではありません。ここで露草長屋の貞吉さんが治療を受けていると聞き、参りました。ある人から、是非とものの言伝を頼まれているのです」

これを聞いた弟子は、

「ある人とはどなたでしょう？」

探るような目になった。

「その人の名は、理斉先生にお会いして申し上げたいと思います」

「少しお待ちください」

弟子はやや緊張した面持《おもも》ちで奥へと戻った。

――これは何かある――

招き入れられた季蔵は、薬の匂いがあふれている薬処で待たされた。奥の客間からは、酒肴《しゅこう》でもてなされている人の声が洩れ聞こえてくる。

「いやはや、このようなところで、八百良の料理が味わえるとは思ってもいなかった」

見知らぬその声には、権力を握っている者ならではの無邪気な傲《おご》りが感じられ、

「このような無粋《ぶすい》なところでのおもてなしをお許しください。もっと気の利いた場所がようございましょうが、壁に耳あり、障子に目ありで、人目がございます。これしきの料理で、お気に入ってくだされば、この理斉、今生《こんじょう》の幸せにございます」

もう一方は、ただただ卑屈なおもねりで湿っている。

「まあ、尽力はしないでもない」

「是非とも典薬頭《てんやくのかみ》様のお力添えを。この中谷理斉、法眼《ほうげん》と称されれば死んでも悔いはございません」

――酒宴の相手が典薬頭だったとは――

典薬頭は江戸市中の医家を束ねる長であった。法眼は高位の医者に与えられる称号である。

季蔵は薬棚の前に立ち、薄明かりの中で、数え切れない薬箱を調べはじめた。

――長くなりそうだ――

――これがここの人参長寿丸か――

滋養強壮に効能のある高麗ニンジンを主とする人参長寿丸は、同じ名の料理にも似て、処方する医者と同じ数だけある。

季蔵はお光が持っていた薬袋を、片袖に入れていたことを思い出した。出して比べてみると、

――同じだ――

薬箱に書かれた文字と薬袋の字の癖は瓜二《うりふた》つであった。

――お光さんはここからご亭主の薬をもらっていたのだから、持っていた袋の字が同じであっても、いっこうに不思議はないのだが――

なぜか季蔵は割り切れずにいた。

――どうして、こんなにも気になるのだろう――

頭を抱えかけたところで、

――そうだ――

はたと思いついた。

――お光さんの人参長寿丸の袋には、毒の赤い薬包しか入っていなかった。なにゆえに、お光さんは、よりによって、この空き袋の中に毒をしまっていたのだろうか――

七

「お待たせした」

中谷理斉が入ってきた。

出世の糸口を摑《つか》んだと確信しているのか、薄い頬がいくらか赤らみ、吊り上がり気味の目がぎらぎらと光っている。

「まだあなたの名を伺っていない」

理斉は不機嫌な面持ちでじっと探るように季蔵を見た。

出てきた弟子に名乗っていなかったことに気づいた季蔵は、

――名も告げぬ相手をこうして招き入れるとは、やはり、貞吉さん、お光さんとよほどのことで関わっているのだ――

「堺町で小さな飯屋を商っている者でございます」

小杉屋《こすぎや》雅蔵《まさぞう》と名乗った。

「言伝を伝えようと、露草長屋の貞吉を訪ねてきたそうだが、それはいったいどんなものなのだ？　わしが代わって聞いておこう」

「大事な言伝でございますゆえ、じかに貞吉さんにお会いして伝えないと」

「貞吉は先ほど亡くなった。女房が戯作者殺しの大罪人だった上、行方が知れないというので、情けをかけて、見知った寺に葬ってやることにした。だから言伝はもう、わしが聞いてやるしかない。書き留めて棺桶《かんおけ》に入れてやりたい」

「それなら、貞吉さんの骸の耳にお伝えいたしたいと思います」

「骸に会いたいというのか」

「はい」

理斉は苦虫を噛み潰《つぶ》したような表情のまま、長い廊下を歩いて、貞吉が永遠の眠りについている小部屋へと案内した。

薄い布団の上の貞吉は、微笑んでいるかのような安らかな死に顔であった。ただし、その唇は、蒼白《そうはく》な顔の肌とは似つかわしくない、燻《いぶ》したような茶黒である。

「労咳の死に際《ぎわ》は、何日も苦しい息の下で眠り続けると聞いていますが――」

ふと洩らすと、

「自分が死にゆくと悟った者の願いは皆一つ、苦しまずに逝《ゆ》くことだ。貞吉はそれが叶った。よかった」

理斉は口元だけで微笑《わら》った。

――唇が茶黒に染まっているのは、練った阿片《アヘン》を盛られたからではないか――

季蔵の不審は募《つの》ったが、確証を突き付けることはできずに、死んでいる貞吉の冷たい耳に口を寄せると、

「〝やっと、あんたのくれた簪は取り戻した、これからも大事にする〟と、お光さんが言付けてほしいと、おっしゃっていました」

わざと理斉に聞こえるように言った。

――いくばくもない命だった貞吉さんが、殺されたのだとしたら、それはお光さんと関わっての口封じとしか考えられない。お光さんの骸が見つかったのは今朝だから、死んだことを知らず、きっとまだ、生きていると思い込んでいて行方が知りたいのだろう――

「それでは、わたしはこれで――」

季蔵が立ちあがりかけると、

「たしかに女郎だった貞吉の女房は色も艶《つや》もある綺麗な女で、わしも色目を使われて困っ

たことがある。だから忠告しておく。色香に負けて、大罪人のお光を庇い立てすると、お上《かみ》にどんな嫌疑をかけられるか、知れたものではないぞ」

理斉は季蔵が、お光の行方を知っているのではないかとカマをかけてきた。

「わたしは、伝えてくれと駄賃を貰っただけです。残念ながら、ただそれだけの縁なものですから」

季蔵は当惑顔を作ってその家から辞した。

その足で南八丁堀の松次の家へと向かった。

「何だい、こんな夜分に？」

松次は好物の白玉を夜食代わりに食べていた。

「このところ、毎晩、素麵《そうめん》続きなんで小腹が空いてな」

「喜之助さん殺しの下手人について、お願いがございます」

季蔵は実際に毒を盛ったのはお光でも、これには黒幕がいると言い切った。

「それが、そのうち法眼にもなろうってえ、中谷理斉だっていうんだな」

松次は目を白黒させた。

「はい」

「とはいえ、確たる証は何も出てねえんだろ？」

松次は唇をへの字に曲げた。

「ええ」

「でも、あんたは貞吉は阿片で殺されたにちげえねえと踏んでる」

「そうです」

「医者が自分のところへ患者を引き取って、寿命が来て死んだというのを、そうじゃねえとひっくり返すのはむずかしいぜ」

「わかっています。ですから――」

下手人のお光が骸で見つかった事実だけは、秘してほしいと季蔵は頼んだ。

「お願いです、せめて、明日一日――」

「お光が死んでねえとわかれば、理斉は動き出すっていうんだな。罠《わな》にかけるってわけか」

「それしか悪事を炙り出す手だてはありません」

「わかった」

松次はきっぱりと言い切った。

「田端様はすでに上の方にご報告を？」

上に告げてしまえば、聞き及んだ奉行所役人たちの誰かが、通じている瓦版屋《かわらばん》にネタを売って、ほどなく、江戸市中に知れ渡ってしまう。

「安心しな。旦那が非番だったのを俺が引っ張り出したんだ。あのまま家に帰っちまった。下手人がたまたま死んで見つかったなんぞは、たいした手柄でもねえしな。俺は、夜が明けたらすぐ、田端の旦那のところへ行って、口裏を合わせてもらうようにする。あの旦那はあんたの捕り物の力を買ってて、あんた贔屓だから大丈夫だ。けど、きっかり明日までだよ。七ツ（午後四時頃）の鐘が鳴ったら、お光のことはおおっぴらにする。まだお縄にできねえのか、奉行所役人は馬鹿、間抜けと罵《ののし》られ、ここのところ、俺も旦那も針の筵《むしろ》に座ってたようなもんだったんだから、一晩、二晩ゆっくり枕を高くして寝たいのさ」

「よろしくお願いします」

夜更けて季蔵が帰り着くと、離れではおき玖はお光の骸を綺麗に拭《ふ》いて、髪なども整え、着ていた縞木綿を白装束に着替えさせたところであった。

中谷理斉への疑惑は伏せて、貞吉がすでに旅立ってしまっていたと告げると、

「まあ、そんなこと――」

おき玖の目から大粒の涙がこぼれ落ちた。しばらく、片袖で目を覆っていたおき玖だったが、

「これで向こうですぐに会えることになったんだから、かえっていいのかもしれないけど、お墓は？　そのお医者のところから、ここへ貞吉さんを運んではもらえない？　竹林のある光徳寺《こうとくじ》に一緒に供養してあげたいのよ。光徳寺のご住職は、おとっつぁんと親しかった安徳《あんとく》さんだから。おとっつぁんが生きてたらきっと、そうしたと思うし――」

まさか、下手人がその医者ゆえ、調べられることを恐れて、決して骸はどこにも引き渡さないだろうとは言えず、

「明日中には何とか、そのようにして貰いましょう」

季蔵はおき玖の必死な目に頷いた。

「それとね、あたし、一つ、気がついたことがあるのよ」

おき玖は畳んであった、お光の縞木綿の着物を手に取った。

「この着物、着古してあるから、ぱっと見は一反《たん》の同じ縞柄で出来てるみたいでしょう。でも、よく見ると継《つ》ぎ接《は》ぎだらけなのよ。よく似た縞柄で継いであるの。でも、ほら、ここを見て」

おき玖は帯で隠れる合わせの部分を見せた。

「そこだけ赤無地ですね。白糸で何か書いてあります」

白糸で〝わき〟、〝せいじろう〟と縫い取られている。

「あたし、このわき、せいじろうに覚えがあるの。裁縫のお師匠さんのところで知り合った、お和喜ちゃんと、恋仲だった清治郎さん。お和喜《わき》ちゃんの家は瀬戸物町でも代々続く、老舗《しにせ》のお茶漬け屋さん茶喜《ちゃき》だったせいで、別嬪のお和喜ちゃんは、茶漬け屋小町って言われてたのよ」

茶喜に限らず、茶漬けは人気で、市中に数多くの茶漬け屋があった。出汁《だし》をかけるのはぶっかけ飯で、茶漬けとなると、多種の菜や香の物と一緒に、ただただ選《え》りすぐりの茶をかけて食す。宇治茶等、風味豊かな高価な茶は、常の暮らしでは嗜《たしな》むことが稀《まれ》で、外出時の昼餉《ひるげ》に代えて、やや贅沢に茶漬けは食べられていた。

おき玖は先を続けた。

「裁縫が上手だったお和喜ちゃんったら、自分で拵えた巾着《きんちゃく》の赤い裏地に、わき、せいじろうって名を入れて、〝誰にも言っちゃ嫌よ〟って念を押して、あたしだけに見せてくれたことがある。それがどうしたことか、お和喜ちゃんは、まだあたしと同じで独り身。両親《ふたおや》が亡くなった後は一人で、茶喜を続けてる。今じゃ、茶漬け屋小町変じて、茶漬け屋看板女将《おかみ》。店は小さいけど、あそこの海苔《のり》茶漬けと、胡椒茶漬けは有名だから、目当てに通う、結構な身分のお客さんも多いはずよ」

聞いていた季蔵は、今すぐにでも茶喜を訪ねたかったが、九ツ（午前零時）を告げる鐘が耳を打って、

「お嬢さん、明日一番でその着物をお和喜さんにお返しにあがってください。わたしもご一緒させていただきます。これから、ここはわたしがお守りしますので、どうか、少しお休みください」

「それじゃ、お願い」

頷いたおき玖は離れを出て行った。

# 第四話　山姫糖

一

翌朝、二人は瀬戸物町にある茶喜《ちゃき》へと向かった。瀬戸物町の福徳稲荷《いなり》裏にある茶喜は、間口《まぐち》一間半（約二・七メートル）ほどのこぢんまりとした茶漬け屋である。

二人が店の前に立ったところで、がらりと油障子が開いて、暖簾《のれん》を手にしたお和喜《わき》が目の前に立った。

「木原店《きはらだな》のおき玖《く》ちゃん？」

お和喜は黒目勝ちの丸い目を瞠《みは》った。小柄で首が細く、すらりとした身体つきではあったが、全体が丸い印象を受けるのは丸顔で、中の造作が目も口も鼻も整っていて丸みを帯びているからである。

もとより、お光《みつ》のような飛び抜けた美女ではなかったが、いわく言い難い愛嬌《あいきょう》があり、笑うと両頬《ほお》に出来るえくぼが何とも愛らしかった。

「どうしたの今時分？　まさか、うちのお茶漬けを朝餉《あさげ》代わりに食べに来てくれたわけでもないでしょ」

　お和喜の声はふんわりと優しく、春の野に寝そべって、心地よい風に吹かれているようでもある。

「朝餉代わりにうちに寄ってくれる、独り身のお客さんも結構多いんで、こうして、早くから店を開けてるんですよ」

　お和喜は季蔵《としぞう》にも笑顔を向けた。

「お和喜ちゃん、これ」

　おき玖は風呂敷の包みを解いて、お光が着ていた縞木綿《しまもめん》を差し出した。

　一瞬、お和喜は強《こわ》ばった表情になった。応《こた》えずにおき玖を凝視している。

「この着物、お和喜ちゃんのものだと思うのよ。〝わき〟、〝せいじろう〟っていう、縫い取りのある裂《きれ》が継いであったから」

「どこでこれを？」

　お和喜は乾いた声を出した。

「事情はわたしがお話しいたします」

　季蔵はお露《つゆ》と名乗って犯した罪を含む、お光の顛末《てんまつ》について話した。

「あの女《ひと》があの殺しの下手人だったなんて――そして、亡くなってしまったなんて」

　戯作者喜之助《げさくしゃきのすけ》殺しの変事は市中に轟《とどろ》いている。お和喜は驚いて目を瞠り、次には瞬《まばた》かせた。

「あの女というからには、お光さんをご存じなんですね」

お和喜は応える代わりに、

「ここではちょっと――。入ってください」

二人を店の中へと招き入れた。

「何だか、あたし、たまらなくなってしまったわ。こういう時はお茶漬けを作るのが一番落ち着くんです。つきあってくださいな」

お和喜は竈《かまど》に大きな薬罐《やかん》をかけた。ほどなく、薬罐に湯が沸く音が聞こえてくる。

「うちではおとっつぁんの代から、宇治茶や玉露は使わないんですよ。いただくお代が高くなって申しわけないですからね。何も、宇治でなくても美味《おい》しい煎茶《せんちゃ》は、沢山あります。うちの自慢の海苔《のり》茶にはその煎茶が一番。まずは海苔茶から召し上がってください」

お和喜は、あらかじめ温めておいた急須《きゅうす》の湯を捨てた後、一つまみの煎茶を入れ、湯を注いでしばし待った。千切りにされた浅草海苔と炒《い》り立てで芳《こうば》しい胡麻《ごま》、赤穂《あこう》の塩は用意されている。

茶葉がふっくらと開いたところで、炊きたてが盛られた飯椀《めしわん》に注がれる。一瞬、飯と茶の渾然《こんぜん》一体となった香気が光のようにぱーっと広がった。

「海苔や胡麻、塩は好みで加減して」

海苔や胡麻が好きなおき玖はこれらをたっぷりと使い、季蔵は塩加減を主にして、海苔と胡麻はぱらっと振る程度で啜《すす》った。

「海苔と胡麻、どっちか選べと言われたら、あたしは断然海苔。海苔がこうもお茶に合うとは、今まで知らなかったわ」

おき玖が洩《も》らすと、

「わたしは塩です。これほどよい風味なら塩だけでも充分です」

「ほんとですか？　何って、うれしいことをいってくださるんでしょう」

お和喜はえくぼを惜しげなく作って、

「それでは次はこれを」

お和喜はほうじ茶を注いだ飯椀に、小さな筒型の胡椒入《こしょう》れを添えた。

季蔵とおき玖は胡椒を振り入れて啜り、

「何って、格別な風味なの!!」

「ほうじ茶を胡椒がここまで引き立てるとは知りませんでした」

共に深いため息をついた。

「何もお菜がない時、あたしが時々、試してる胡椒茶漬けとは天と地だわ、どうしてかしら？」

首をかしげたおき玖は、

「それ、煎茶を使ってるんじゃない？」

お和喜に訊《き》かれて、

「そうよ、お茶漬けは緑に色が出る煎茶か、玉露と決まってると思い込んでて——。ほかに何もないことだし、お茶ぐらいいいのを使おうと——」

「どういうわけか、煎茶と胡椒は合わないのよ。たとえ、おき玖ちゃんのようにいい煎茶を使っても、不思議にほうじ茶には敵《かな》わない」

「海苔茶以外に煎茶でなければというものはないのですか？」

「あたしが試しているのは、山椒粉《さんしょうこ》。これはそこそこ合うわ。ただし、塩よりも、お醤油《しょうゆ》を一垂らしした方が美味しいんで、うちの品書きには載せられないけど」

「どうして、醤油を使うのは駄目なのです？」

「塩以外の調味料を使ったら、そんなのはもう、茶漬けじゃないっていうのが、おとっつぁんの茶漬け道なのよ。それから、胡麻や海苔、梅干し、香の物はいいとしても、醤油や味醂《みりん》、砂糖で煮詰めて作る佃煮《つくだに》は一切駄目。北紺屋《きたこんや》町の、茶漬け屋八百良《やおりょう》なんて言われるほど立派な、茶漬け料亭花茶々《はなちゃちゃ》を知っているでしょう？　あそこの茶漬け懐石の目玉は、鰻《うなぎ》やももんじ肉の佃煮。佃煮を出せないうちでは、わかってくれている常連さんだけが頼りなんですよ」

そこまで話したお和喜は、

「おつきあい、いただいてすみません。お美重《みえ》さんのこと、お話ししなければ」

胸に手を置き、心を鎮めるようにして切り出した。

——いずれお露ならぬお光と知れるとわかっていて、お和喜ちゃんにはお美重と名乗ってたんだわ。名が三つ——

そこまでして、亭主を想《おも》い続ける余り、逃げ通そうとし、最後はあのような死に方をするしかなかったのだと思うと、おき玖もまた、たまらない想いに胸が塞《ふさ》いだ。

「他所《よそ》で沢山お酒を召し上がった方が、最後にここへ立ち寄ってくださることも多くて、毎日、店は夜遅くまで開けています。お美重さん、いえお光さんが入ってきたのは、お客さんを送り出して、暖簾を下げた後でした。住み込みで働かせてほしいというのです。ちょうど通ってきてくれていた下働きが辞めたばかりでしたので、好都合だと思いました。綺麗《きれい》な女《ひと》でしたが、窶《やつ》れて心配事を抱えているように見えました。おき玖ちゃんが返しにきてくれた縞木綿は、お光さんが粗末なものでかまわないから、お仕着せを借りたいと言ったので貸したのです」

「お光さんの働きぶりは？」

「お客さんの前に出ることは、嫌がって決してしませんでしたが、仕事は丁寧で、茶漬け茶碗はいつもつるつるで、薬罐までぴかぴかに磨いてくれていました」

「店が終わった後、出歩いていたことには気がつきませんでしたか？」

「あたしは二階、お光さんの部屋は階下の納戸でしたから」

お和喜はきまりが悪そうに、

「それとあたし、恥ずかしいぐらい、寝つきがいいんです。おとっつぁんに〝泥棒が入っても起きねえんじゃないか、この寝ぼすけ娘〟ってからかわれたことがあるぐらい――」

えくぼを刻みつつも、やや苦く笑った。

「それでも、昼間、仕事を抜けていればわかるはずでしょう？」

――お光さんは簪《かんざし》を取り返すため、ここ何日かは昼間から、山本屋《やまもとや》の中庭に潜んで、動きを見張っていたはずだ――

「お光さん、三日前から姿を消してしまっていたんです。あの器量の上、下働きさえ厭《いと》わない心がけだから、いくらでも勤め口はあると思い、もう戻ってはこないものと諦《あきら》めていました。それが着物だけ戻ってくるなんて――」

お和喜は声を詰まらせた。

二人は半刻（約一時間）ほどして茶喜を出た。

――お和喜さんはお光さんの正体やその死を知って驚き、嘆いてはいた。しかし――

季蔵は嘆き方は自然でも、驚いた様子にはある種、不自然なものを感じていた。

「お和喜さんと清治郎《せいじろう》さんは、好き合っていたのでしょう？」

ふとお和喜の恋の顚末が気にかかった。

「それはもう、人も羨《うらや》むほどにね。でも、清治郎さんは尾張《おわり》町の呉服屋〝みやび乃《の》〟の跡継ぎだったの。そんな清治郎さんと茶漬け屋小町とじゃ、身分が違いすぎるって、みやび乃では猛反対をしたのよ。清治郎さんのおとっつぁんは、みやび乃ほど商いは繁盛していないものの、権現《ごんげん》様以来だっていうのが看板の京友禅の老舗《しにせ》、宮木の一人娘と添わせたがってたのね。若旦那の清治郎さんは評判の男前だから、こっそり遠くから眺めた宮木の娘さんも一目惚《ひとめぼ》れで、毎日のようにみやび乃に通うほどになって、あまりのけなげさに、心の優しい清治郎さんが、いつしか情を移してめでたし、めでたし。お和喜ちゃんは泣く泣く身を引いたってことになるんだけど、あの通りの気性でしょ。おっかさん、次におとっつぁんを看取《みと》って、ああやって、元気に商いを続けてる。見上げたものよ」

二

「みやび乃を継いだ清治郎さんの方はその後、変わりなく？」

「ところがねえ――」

おき玖は眉《まゆ》を寄せて、

「これ、お和喜ちゃんからではなく、お裁縫に通ってた時の友達から聞いた話。あれほど清治郎さんを好いていたというのに、お内儀《かみ》さんには子ができず、二年前に流行病《はやりやまい》であっけなく死んでしまった。後に残された清治郎さんも、この春に向島《むこうじま》の寮で、夜桜を愛《め》でていて亡くなったのよ。みやび乃の寮には見事な桜の古木があって、毎年、親しいお客を呼んで宴《うたげ》を催し、奉公人が松明《たいまつ》をかざし続けて、夜桜を楽しむんですって。二階にいた清治郎さんは、お酒が過ぎて、勢いで屋根に降りたのはいいけれど、足を滑らせて真っ逆さま。すぐにお医者が駆けつけてきてくれたそうだけど、すでに息絶えていたんですって」

「お和喜さんから清治郎さんの話を聞いたことは？」

「一度もないのよ。お和喜ちゃんとだって、時折は、ばったり遭うんだけど、天気や他愛《たわい》のない昔話ばかり――。清治郎さんの身に起きたことを知らないはずないのよ。浅からぬ縁だったのだから、せめてお墓参りには行きたいだろうからって、裁縫仲間の一人が報《しら》せに行ってるんだもの。だけど、その時のお和喜ちゃん、心、ここにあらずで、何椀もお茶漬けでもてなしてはくれたけど、清治郎さんのせの字も口に出さなかったたって」

――さっきの対応ぶりに似ている――

「よほど応《こた》えたのではないかと思います」

――となると、さっきも、清治郎の死を報されて、悼《いた》むのと同じくらい、動転し意気消沈していたことになるが――

想って添い遂げられなかった相手と、見知ったばかりのお光とでは、同じ死の報せでも、応え方に差はあるのが自然ではないだろうか？

「お和喜さんは涙脆《もろ》い方ですか？」

「もちろん根は優しい人だけど、昔から頼りになるお姉さん格で、どんな時だって、落ち着いてたものよ。お和喜ちゃんがあんなに取り乱したのを見たのは、あたし、はじめて。これでいよいよ、道で出遭っても、金輪際、お和喜ちゃんには、清治郎さんのことを口に出せなくなったわ。清治郎さんの幽霊の話も含めてね」

「そんな噂《うわさ》があるのですか？」

「これも聞いた話なんだけど。夜更けて霊岸島を歩いていたら、竹林から伐った竹を背負って出て来た男の顔が、清治郎さんそっくりだったたっていう――」

「噂の出処《でどこ》は？」

「若旦那の頃から清治郎さんが親しくしてた、米問屋の大助《だいすけ》さん。あの人は放蕩《ほうとう》が過ぎて親に勘当されかかり、三十路《みそじ》を越えても、まだ、若旦那のままだっていうから、おおかた、飲み過ぎて見間違ったんだろうけどって、その娘《こ》は言ってたわ」

「ほかに幽霊に遭った人は？」

「いるにはいるけど――」

一瞬おき玖は言い淀《よど》んで、

「うちのお客さんの勝二《かつじ》さん。季蔵さんが離れでお奉行様のお相手をしてた時、何とはなしに幽霊話になって、勝二さんが死んでいるはずの清治郎さんに遭った話をしたのよ。場所は同じ所で、やっぱり竹を背負ってたって。あたし、ぞっとしたわ。無茶飲みする辰吉《たつきち》さんなら、千鳥足で歩いてて見間違ったに違いないし、ご隠居の目には女の幽霊しか入らない。でも、お酒もほどほどで、若いのに気配り、目配りのきく勝二さんが、確かに見たとなると、これは本当かもしれないって思えてきて――」

ぶるっと肩を震わせた。

季蔵はこれ以上、おき玖を巻き込んではいけないと思い、

「大丈夫、勝二さんだって見間違うことぐらいありますよ」

そっとおき玖の肩に手を置いた。

塩梅屋《あんばいや》に戻り、三吉《さんきち》と共に手早く、仕込みをしていると、

「山本屋でございます」

入ってきた手代の弥吉《やきち》は若旦那の邦助《くにすけ》からの文と、お登代《とよ》からだという小綺麗な箱を、風呂敷包みを解いて季蔵に渡した。
文には以下のように書かれていた。

長持ちの骸《むくろ》以来、奉公人たちは薄気味わるがって、夜、厠《かわや》へ行けない者まで出る始末。伯父《おじ》もことさら気を落としているので、鮪三昧《まぐろざんまい》の宴は見合わせることにしました。実は脂身が美味しい刺身は言うまでもなく、炙《あぶ》り鮪をはじめ、季蔵さんの思い出の鮪料理を、皆さんに味わっていただけなくてとても残念です。わたしはあの場でこそ、なんだかんだ申しましたが、おっかさんや家族の温かみが伝わってくる、思い出の鮪料理が病みつくほど大好きになりました。お登代も同じ思いです。お騒がせした償《つぐな》いは後ほど、伺っていたしますが、まずはこの文にてお詫《わ》び申し上げます。

季蔵様、
おき玖様

山本屋邦助

季蔵から文を渡されたおき玖は、
――やはりね――
目で頷《うなず》くと、

「何なんです？」

興味津々の三吉に、

「頼まれかけてた出張料理が都合で取り止《や》めになっただけ。それより、あれ」

季蔵が手にしている箱を指差した。

「いい匂いがしてる」

季蔵が箱の蓋を開けた。

瞬時にほろ苦くも甘い、舌も心もとろけそうな香りが立ち上る。

「カルメ焼きだわ」

おき玖が歓声を上げた。

カステーラ同様、南蛮伝来のカルメ焼きは、軽めいろとも呼ばれていて、煮詰めた糖液に重曹を加えて気泡を起こし、ボワッと膨張させ、固まらせて作られる。軽石のように軽いので、軽めいろとその字が当てられた。

「おいら、こいつにゃ、目がねえんですよ」

三吉がごくりと唾を飲み込んだ。

「あら、あたしもよ。あのさくさくした軽さ、甘さ、香り、もう、たまらないわ」

手を伸ばしたおき玖は、形よく丸い茶褐色のカルメ焼きを、箱の中から二つ取ると一つを三吉に渡した。

「召し上がれ」

「お登代さんは南蛮菓子がお好みなのですか？」

山本屋の離れの厨《くりや》に、カステーラ用の石窯《いしがま》があったことを季蔵は覚えていた。

「そうです、そうです。中でも一番のお気に入りは金平糖なんですけどね。お登代お嬢様の金平糖はそれはそれは見事です」

弥吉はうっとりとし、

「金平糖が作れるなんて凄《すご》いな」

三吉の目からは賞賛が溢《あふ》れた。

掛け物の最高峰である金平糖は、丸いカルメ焼きを作るのとは、比べものにならないほどむずかしい。

使うのは芥子《けし》の実と糖液だけで、浅く広い平鍋に入れた芥子の実に、少しずつ糖液を掛けていく。一寸弱（三センチ）の金平糖を作るのに十四、五日はかかる。掛け物の命はツヤである。火が強すぎるとツヤのある綺麗な金平糖にならず、糖液を掛けすぎると、鍋の底に溜《た》まった糖液が焦げる。深い鍋を使うと均等に糖液が掛からなくなり、星形に美しいツノの出来具合が悪くなる。まさに年季の入った職人技が必要とされた。

「何しろ、お登代お嬢様ときたら、せっせと作り続けていて、金平糖の缶の中身を切らしたことがないんですからね」

「さぞかし、色とりどりの金平糖は綺麗で美味しいのでしょうね」

カルメ焼きを食べ終えたおき玖は、ああ、美味しかったと洩らして、濃いめに淹《い》れた茶を啜った。

「お登代お嬢様の金平糖は、白く大きくて立派なツノがつやつやと生えています。きっと味もいいんでしょうね。実はまだ、食べさせていただいたことがないんで――」

「あら、どうして？」

おき玖は弥吉の言葉に首をかしげずにはいられなかった。

「お登代お嬢様の金平糖は、お嬢様と若旦那様と二人だけが召し上がるものだからです。これればかりは、旦那様にもさしあげていないのです。一度、お嬢様がわたしにくださりそうになった時、若旦那様が顔を真っ赤にして、〝要らぬことをするな〟と、いつになく厳しく、お嬢様をお叱《しか》りになりました。てまえまで叱られたような気がしたのは、お嬢様の金平糖の見事さを褒めていて、〝白だけではなく、他の色にも染めてみたらいかがです？〟と申し上げた時も、〝要らぬことだ〟と若旦那様がおっしゃったからです。若旦那様はお嬢様の金平糖に、よくよくの想いを託されているのでしょう」

そこまで話した弥吉は、

「おしゃべりが過ぎてしまいました。これで失礼いたします。どうか、今のおしゃべりはご内密に」

塩梅屋を出て行き、季蔵は、

「ちょっと海苔屋まで行ってきます。茶喜の浅草海苔を味わったら、急に海苔料理を工夫したくなりました。何軒も廻《まわ》るつもりですので、帰りは夕刻近くになります」

おき玖に断り、三吉にあとを頼むと勝二の住む正木町へと向かった。

——松次《まつじ》親分と約束した七ツ（午後四時頃）の鐘が鳴り終えるまで、もう二刻半（約五時間）しかない——

勝二の家の前では、白地に青い斑模様《まだら》の朝顔が花を閉じかけていたが、鉢の土には〝勝《かつ》一《いち》〟と書かれた木切れが挿してある。勝一は勝二の一粒種の息子の名であった。

「お邪魔します」

「何だい？」

出てきた仏頂面の指物師《さしもの》の義父に名を告げると、

「勝二さん、おいでになりますか？」

「ふーん、半人前だというのに、身の程もわきまえず、あいつが無駄に金を落としているところだな、ったく。そんな金があれば、もっと、女房子どもに楽をさせてやれるものを」

——これではまるで泥棒扱いだ——

季蔵は心の中で苦笑した。

しかし、相手は憎々しげに季蔵を見据えた挙げ句、

「あいつなら、頼まれ物を納めに行ってる。もう、ぼちぼち帰ってくるだろう。あいにく、娘は孫と買い物に出てる。茶は出せないよ」

ぴしゃりと門前払いをされた。

三

――ここで待つしかない――

季蔵は朝顔の鉢の前に立って勝二を待った。帰ってきた勝二は季蔵の姿を見ると、人指し指を長屋の木戸門の方へ向けて踵《きびす》を返した。すぐに追いついた季蔵に、

「こんなところまで何の用です？」

やや不機嫌な勝二は切り口上に訊《たず》いてきた。

「是非とも、至急、お訊ねしたいことがありまして」

勝二は季蔵がいつになく、思い詰めた面持《おもも》ちを向けていることに気づいて、

「親方が何か、失礼なことを言ったんじゃないかって気にかかって――。婿になる前の弟子だった頃こそ、つきあいや気晴らしは男の甲斐性《かいしょう》だって言ってたのに、今じゃ、二言目には無駄遣いをするなで、よくよく嫌になっちまいます」

さっきの自分の態度を取りなすように、慣れ親しんだ愚痴を並べて、

「何です？　俺に訊きたいことって？」

「亡くなったみやび乃のご主人、清治郎さんの幽霊に遭ったという話を、お嬢さんから聞きました。本当ですか？」

季蔵は念を押した。

「本当ですよ」

勝二は大きく頷いて、

「話もしたんですから、間違いありません」

「話をするほど親しかったのですね」

「みやび乃には、まだお内儀《かみ》さんが生きている頃、特注の化粧箱を頼まれて、納めたことがあるんです。俺も文箱《ふばこ》などの箱物を任されるまでになってたんで、俺一人で行ったんです。化粧箱なんだから、お内儀さんのお好みでよさそうなもんなんだけど、清治郎さんもそばにいて、ああでもない、こうでもないとあれこれ注文をつけてきて、正直、大変な客だと思いました。ところが、そのうちに、清治郎さんがなかなか気の利いたことを言う、この人には職人の心があるってことがわかったんです。それで気脈が通じて、時々、屋台で酒を飲むようにもなりました。竹細工を見せてもらったこともありました。越前生まれの奉公人に教えてもらったということでしたが、なかなかの出来映えでしたよ。酔うと必ず、〝本当は反物《たんもの》を売るんじゃなくて、糸と針で縫う方が性《しょう》に合ってるような気がする〟って言ってましたっけ」

「幽霊の清治郎さんとは何を話したんです？」

「幽霊だったせいでしょうね。顔が真っ青で〝この世のことはもう忘れた、達者で暮らしてくれ〟って、それだけです」

「竹細工はこの世の手慰《てなぐさ》みでしょう。竹を伐《き》って背負っていたとしたら、この世のことはまだ忘れていない証《あかし》です」

「もしかして、季蔵さんは清治郎さんが生きていると思っている？」

「幽霊が竹細工をするとは、どうしても思えません」

「だけど、清治郎さんが死んだのは本当ですよ。間違いない。俺は死んでる清治郎さんを、たしかにこの目で見たんだから」

「夜桜の宴に呼ばれていたのですね」

「おおかた、来ているのはお大尽ばかりだろうから、あんまり気は進まなかったんだけど、そういう人たちと知り合いになっとくと、文箱や手鏡を頼んでくれるかもしれないですからね。そのままでいいから、顔を出してほしい、見事な夜桜がきっといい仕事につながるって、清治郎さんが言ってくれたんで、親方が一張羅《いっちょうら》の紋付き羽織を貸してくれるっていうのを断って、普段の姿で呼ばれました。たしかに夜桜は息を呑《の》むほど綺麗でしたが、清治郎さんは俺の目の前であんなことに――」

「屋根から落ちる清治郎さんを見ていたのですね」

「宴は眺めのいい二階の大広間で続いていた。窓が開いてて、松明に照らされた桜の木は、大きな大きな桜ぼんぼりみたいに輝いてた。すると、突然、清治郎さんが〝みんなであの極楽へ行こう、極楽浄土へ〟って言い出して、屋根に降りたんです。さすがに誰も続かず座ったままでしたが、俺は気になって、はらはらしながら見守ってた。けど、〝極楽、極楽〟、清治郎さんは歌うように叫んで、よろよろと屋根の上を歩き、あっと思ったとたん、姿が見えなくなった。足を踏みはずしてしまったんです。酒が過ぎたのが何とも悪かったんだな」

「清治郎さんは普段から大酒呑みだったのですか？」

「そんなことない。俺と同じで呑み助の相手をする口でした。あの日に限って、大徳利を抱えてきてて、あれほど呑んだのは、夜桜に潜む妖《あや》かしに魅入られちまってたのかもしれません」

「清治郎さんが亡くなった後、みやび乃との縁は？」

「みやび乃は、分家してた清治郎さんの弟夫婦が戻ってきて継いでます。そうするように清治郎さんが書き遺《のこ》していたって聞いてますよ。姫鏡台や針箱なんぞの仕事を貰《もら》えてるから、褒めるんじゃないよ。新しい旦那は清治郎さんに勝《まさ》るとも劣らない出来物《できぶつ》です」

「姫鏡台を注文するからには、女のお子さんがおありなのでしょう？」

「一姫二太郎って聞いてます。みやび乃はこれで安泰《あんたい》だね」

勝二は自分のことのように、にこにこと笑った。

「清治郎さんはみやび乃の行く末に思い遺すことなく、亡くなったんですね」

「季蔵さん、もしや――」

勝二はぎょっとして、

「清治郎さんが自分から始末をつけたんじゃないかって、疑ってるんじゃあ？」

「それはあり得ません。自害なら今更、竹を探しに行ったりしないはずです」

「竹細工に思いが残ったということは、誰かに殺された？　そんなはずない。あの人が一人で屋根から落ちる一部始終を、俺は見てたんだから。誰も背中を押したりはしなかった。駆けつけた医者も、強く頭を打ってて、苦しむ間もなく死んだって言ったし」

「その医者の名は？」

「たしか中谷理斉《なかたにりさい》という先生で、近くを通って騒ぎを聞きつけて寄ったんだと言ってました。こんなに医者が早く来てくれたのに、打ち所が悪かったなんて、俺は今でも口惜《くや》しくてならない」

「二階にいた客たちが庭に降りて騒ぎになったのですか？」

「俺はすぐに飛んでいきましたよ。だけど、客たちはへべれけなのが多い上に、根が大甘の若旦那衆ばかりで腰を抜かして動けない。倒れて死んでた清治郎さんの周りにいたのは、桜照らしの奉公人が何人かと、後は通りすがりの若い衆でした」

「そんな時分、向島あたりの家の前を通りすがる人がいるものでしょうか」

季蔵が思わず洩らすと、

「松明の火で桜ぼんぼりになるみやび乃の夜桜は、あのあたりに住んでる人たちにはわりに聞こえてて、毎春、見物客が出るって聞いてます。そんな連中たちだったと思う」

――通りすがりの男たちはそうだったとしても、なにゆえ、薬研堀に住まう理斉が夜更けて、向島まで来ていて、待ってましたとばかりに駆けつけたのだろうか――

「その後、清治郎さんの骸はどこへ？」

「〝さらに死因をくわしく調べ、その旨、お上に申し上げねばならぬ〟って言って、理斉先生が通りすがりの若い衆に大八車を頼んでたから、ひとまずは先生のところだろうと思いますよ」

——なぜ、屋根から落ちて死んだとはっきりわかっているのに、すぐ、みやび乃へ送り届けなかったのだろう——

何とも腑《ふ》に落ちない季蔵は、

「ほかに気がついていたことはありませんか？」

「清治郎さんが落ちて死んだ庭は、やけに苔《こけ》の多いところでした」

「勝二さん、滑ったのですか？」

「そうじゃないけど、骸を取り囲んでた若い衆が、〝苔が多くてここは滑るな〟と言ってました。骸の近くには、緑色の苔がびっしり生えてたよ」

「桜の古木と一緒に？」

苔はじめじめした日陰を好むが、桜を見事に咲かすには、養分にも増して日当たりが何よりである。

——苔の生えているところだけ、勢いのいい常緑の草木が繁《しげ》っていて、日陰を作っているのかもしれないが——

「これも生前の清治郎さんが言い遺していたことに従ってみやび乃では、通夜や弔《とむら》いを無しにして、医者に棺桶《かんおけ》を届けて骸を納めてもらい、死に顔も見ずに、そのまま菩提寺《ぼだいじ》に葬《ほうむ》ったそうです。清治郎さんの幽霊に出遭ってみて、その理由がわかったような気がする。

死に顔をしげしげ見せる、通夜や弔いなぞでこの世と別れちまうと、きっと、幽霊になって出て来にくくなるんでしょう」

「なるほど、そうかもしれません」

季蔵は心とは裏腹の相づちを打った。もとより、勝二をこの一件に巻き込んではならないと固く決心している。

——中谷理斉のところへ運ばれて以降、誰も清治郎さんの骸を見ていないとは——。喜之助殺しだけではなく、この不思議な死に方にも、理斉が絡んでいるのは間違いない——

確信した季蔵は、

「それにしても、どうして、季蔵さんは、死んだ清治郎さんについて、知りたかったんですか?」

真顔で訊いてきた勝二に、

「季節柄、幽霊話でどこも持ちきりです。幽霊話の裏話でも出来れば、夏の料理に興を添えられると思っただけです。どうか、ご心配なさらず——。どこの誰とは言わずに話しますから。ありがとうございました」

涼やかな笑顔を向けた。

## 四

勝二と別れた季蔵は向島のみやび乃の寮へと向かった。時はもうそれほど残されていない。季蔵は猪牙舟《ちょきぶね》を頼んだ。

猪牙から降りて、走ってきたせいでみやび乃の庭に立った時には息が切れていたが、桜の古木をまず見上げた。

——たしかに葉桜ではなく、花がついている様はさぞかし、見事なことだろう——

それから苔はどこかと探したが、見当たらない。

——これはどうしたことだ？——

三寸（約九センチ）ばかり、すっぽりと落ち込んでいる地面に見入った。

——あの大雨で掘り起こした後、埋めた土が沈んでしまったのだろう——

落ち込んでいる地面は幅は五尺六寸（約百七十センチ）はゆうにあって、縦はその半分ほどである。

「まるで大の男の人形《ひとがた》のようだ」

口に出して呟くと、穴の左右に太い杭《くい》を打った痕《あと》が目に入った。

——打った杭を引き抜いた後、埋めずにおいたのだ——

季蔵は左右の杭の痕の穴に目を凝らした。深さのある穴にはまだ雨水が溜まっている。

——何だろう、これは——

黒く太い糸のようなものが目についた。左の穴に手を差し入れて引き上げる。

——網だ——

漁師が鰯獲《いわしと》りなどに使う網の一種であった。かかった魚が喰い千切《ちぎ》って逃げ出したりしないよう、幾重にも麻糸を撚《よ》って頑丈に仕上げてある。

――どうして、ここにこんなものが残っているのだろう――

答えは人形の穴の跡にあるに違いないと、埋めた跡を掘り起こそうと思いついたが、道具が見当たらない。

――これだけの庭ともなれば、常から手入れを怠《おこた》っていないはずだ――

季蔵は裏手に回って、鍬《くわ》などが常備されている納屋を探した。

見つけた納屋の戸を開けた。

あったのは鍬や鋤《すき》だけではなかった。芝居の背景に使うような薄い板地に、緑青を使った苔の絵が一面に描かれていた。板地の寸法は、ほぼ人形の穴と同じであった。

――勝二さんは苔ではなく、この絵を見たのだ――

この後、季蔵は念のため、人形の穴を掘り返して、そこにも、漁師の使う網の千切れた切れ端を見つけて拾った。

向島を後にした季蔵は一路、瀬戸物町の茶喜へと向かった。

「いらっしゃいませ」

出迎えたお和喜は一瞬、強ばった顔になったが、

「一日のうちに二度もおみえになるとは、ご贔屓ありがとうございます」

すぐにえくぼを見せて、

「今日は格別にお暑いこと――。まずは汗に引いてもらってくださいな」

冷たい井戸水に浸して絞った手巾《しゅきん》を渡してくれた。

「何しろ、向島のみやび乃さんの寮へ行って帰ってきたところなので。少々、小腹も空いています」

みやび乃の寮と聞いた時、お和喜の表情が、また、しばし固まった。

「まあまあ、無茶をなさって――」

お和喜は陽気に笑い飛ばしたが、その目は笑っていない。

「途中、ここの茶漬けが恋しくなりました」

「それではさっそく支度を。茶漬けの種類は何になさいますか？」

「冷茶漬けはできませんか？」

季蔵は出された冷茶をごくりと飲み干した。

「うちの茶漬けは時季を問わず、あつあつと決まってるんですよ」

お和喜はうつむいた。

「そこを特別にお願いできませんか」

「料理人同士のよしみでそうしてあげたいところなんですけど、冷茶漬けには冷や飯でないと。今頃は炊きたてしか用意がないんですよ」

「そんなことはないのでは？」

季蔵は竈の隣りに置かれている、竹で出来た飯櫃《めしびつ》を見据えた。

「あ、あれ？　駄目ですよ、あんなのは。朝の残りの賄《まかな》い用ですもの」

あわててお和喜は飯櫃を抱え込んだ。

「それでいいのです、かまいません。あれで冷茶漬けを食べさせてください」

引こうとしない季蔵に、

「塩梅屋さん、あなたはいったい、このあたしに何が言いたいんです？」

とうとうお和喜は眉を吊り上げた。

「その飯櫃を拵《こしら》えた男、みやび乃の元主清治郎さんに会わせていただきたいのです」

「何を言うかと思ったら――」

お和喜はわざとけたたましく笑って、

「たしかにあの男《ひと》とは、好いて好かれた仲でしたが、それはもう昔のことです。この春に亡くなってしまったとも聞きました。幽霊に会わせることなんて、できはしませんよ」

「いや、たとえ身の上は幽霊でも、清治郎さんはこの世の者のはずです。お願いです。喜之助さん殺しの汚名を晴らして、お光さんを安らかに旅立たせるためにも、どうか、清治郎さんにお取り次ぎください」

季蔵は深々と頭《こうべ》を垂れた。

「下手人にされたお光さんは可哀想《かわいそう》、でも、あたしは知りません、知りません」

お和喜はこれ以上、季蔵の話を聞くまいと両耳を両手で押さえた。

すると、ことっと音がして勝手口が開き、

「お話ししましょう」

ぬっと長身で穏和な雰囲気の三十路男が顔を覗《のぞ》かせた。

「清治郎さんですね」

季蔵は確信している。

「違いますよ、違います。この男はお光さんの代わりに雇い入れた下働きなんですから」

お和喜は清治郎を庇《かば》うかのように季蔵の前に立ちはだかった。

「お和喜」

清治郎は諭《さと》すような口調ではあったが、

「もう、止《よ》しにしなければ。世間こそ多少騒がせたものの、わたしたちはお縄になるようなことはしていないのだし、何より、下手人にされたまま、お光さんに三途《さんず》の川を渡らせることはできない。わかってくれ」

きっぱりと言い切って、

「奥を仕事場にしています。そっちでお話しします」

仕事場にしている奥の小部屋には、編まれた盛り籠《かご》や飯櫃等が所狭しと並べられていた。臨時に店を閉めたお和喜も清治郎の脇に控えている。

「おき玖さんというお和喜の友達と一緒に早朝ここへ立ち寄られたことは聞いています。わたしとお和喜のことはすでにご存じですね」

念を押して清治郎は静かに話を始めた。

「恋仲だったが結ばれず、互いに別の道を歩いてきたと聞きました」

この時、清治郎と目と目を合わせて、頷いたお和喜は、

「その通りです。誓って申し上げますが、みやび乃のお内儀《かみ》さんが生きておられた頃に、この男《ひと》がここへ来たことは一度もありません。あたしたちは忍び会う仲ではありませんでした」

毅然《きぜん》とした面持ちを向けた。

「その間、茶喜を切り盛りしているお和喜が、まだ独り身だと人づてに聞いて、心が揺れたのは事実です。でも、お和喜が潔癖な気性だと知っていたので、客として立ち寄ることも避けていたんです。流行病《はやりやまい》で女房が亡くなって、四十九日を過ぎると、後添《のちぞ》えを貰えだの、早く跡継ぎをつくれだのと、親戚連中が騒ぎ出しました。わたしの心に、長い間封印していた、お和喜のえくぼのある顔が浮かびました。後添えにして一緒に生きていく女は、お和喜をおいていないと思ったのです。それをお和喜に話すために、別れてからはじめて、わたしはここへ足を運んだのです。ところが――」

清治郎がお和喜の方を見ると、お和喜が話を引き取った。

「後添えの話の前に、なぜ、あたしたちが別れたかの深い理由《わけ》をお話しします。清治郎さんのご両親は、あたしのような者を嫁にするのは、みやび乃にとって何の得もないと、反対なさっていましたが、最後には折れて、あたしたちが夫婦《めおと》になることを許してくだすったんです。お仲人さんがみえる前に、絶対会わないと決めて猛反対したのは、あたしのおとっつぁんでした。将軍様が立ち寄られて美味しく海苔茶漬けを召し上がり、褒美を授け

られたことがあるというのが自慢だったおとっつぁんは、たいそう誇り高く、先方が反対したことを決して許さなかったんです。あたしはおとっつぁんがすでに、助からない病に罹《かか》っていることを知っていたので、逆らわずに、清治郎さんとのことを諦めたんです。でも、不思議に後悔はしませんでした。あたしに看取られて逝ったおとっつぁんの今際《いまわ》の際《きわ》の言葉は、〝お和喜、ありがとな。一緒にさせてやれなくてごめんな〟でしたから。おとっつぁん、馬鹿にされたって腹を立ててただけじゃなくて、あたしが玉の輿《こし》に乗って、嫁いでしまったら、一人ぼっちになってしまうのがたまらなかったんでしょうね」

お和喜は両目の下を人指し指ですくって、涙を消した。

五

「後添えの話はどうなりました？」

季蔵がお和喜に先を促すと、

「わたしは必死で頼みましたが、今度はお和喜に断られてしまいました」

清治郎が代わって話を続けた。

「かつての父親の意地も通してやりたいだけではなく、茶漬け屋の女将の垢《あか》もついている自分のような者では、とてもじゃない、みやび乃のお内儀に座るのは荷が重いという応えでした。何度足を運んでも答えは変わりませんでしたが、わたしは諦めませんでした。わたしはお和喜に、気持ちの揺れを感じ取っていたからです」

「それは慣れ親しんできた仕事への戸惑いですか？」

季蔵はお和喜ではなく、清治郎を見つめた。

「ええ、そうだと思います。揺れていたのはわたしも同様でした。いや、わたしの揺れの方が、お和喜のよりずっと強かったはずです。みやび乃の主であれば、誰もが羨む押しも押されもせぬ立場には違いありません。ですが、わたしは跡継ぎと決められた子どもの頃から、これでいいのかという想いがありました。算盤《そろばん》を弾《はじ》いている時の自分は、本当の自分ではないのではないかと――。そんな想いが募ると、当初は庭の草木を絵に描いたりしていましたが、それだけでは空虚な気持ちは埋まりませんでした。ある時、教えてくれる奉公人がいて、竹細工を道楽にすると、これだと思うようになったんです。竹細工に熱中している間に限って、わたしは心《しん》から自分が生きていると感じることができたんです。以前にも竹細工への熱い想いをお和喜に語ったことはありました」

そこでちらりと清治郎はお和喜の方を見た。

「竹細工への想いを打ち明けられた時、清々《すがすが》しい竹の匂いが思い出されて、如何《いか》にも、優しいだけではなく、はっきりした気性の清治郎さんらしいと思いました。でも、その時は、いずれみやび乃の主になるこの人の道楽の話だと思って聞いていたんです」

お和喜と清治郎は見つめ合ったまま、交互に話を続けていく。

「わたしは後添えになってくれ、共に生きてくれと頼みつつ、続けてきた竹細工の飯櫃や盛り籠を届けて、望みはいつか駿府《すんぷ》に住まって虫籠を作り、蛍の光や鈴虫の秋の音を楽しむことだと夢を語りました。竹を編むのではなく、細く削って挿して組み立てる駿府の虫籠は、素人芸ではできない秘伝なのです」

「それを聞いた時、あたしは〝竹細工の虫籠で蛍を光らせて、鈴虫を鳴かせて〟と口走っていました。あたしはおとっつぁんに茶漬け作りを仕込まれてきて、今では古いお客様方に、〝いいね、しっかり、とっつぁんの味が守られてる〟と言っていただけるようになりました。けれど、これは茶喜代々の味でしかなくて、あたしでなければ出せない味ではないんです。褒められれば褒められるほど、嬉しくなくなって、日々の茶漬け作りが虚《むな》しくなってきていました。あたしは以前から、茶漬けよりも、お茶そのものに惹《ひ》かれていました。そして、一度、お茶にのめり込み始めると、どうしても、お茶の木を育てて、茶摘みをし、手もみ茶に仕上げて、淹れて飲んでみたくてたまらなくなったんです。あたしは清治郎さんの竹細工への想いは、自分のお茶への思い入れと同じものなのだと、初めて気がついたんです」

「お和喜がそう言ってくれた時、わたしはどんなにうれしかったか――。あんなに心が弾んだのは、お和喜に一目惚れして以来のことでした」

「それで今、あなた方はこうしてここにおられるのですね」

季蔵は二人の顔に目を据えた。

「お和喜はとことん、みやび乃の身代に興味がないと言い切りました」

「あたしのような者が今更、みやび乃の後添えになれば、若い頃の行きがかりもあって、前のお内儀さんが生きているうちから情を通じあっていたと、根も葉もない噂や陰口が絶えないでしょう。そんな中に身を置くのはたまらなかったんです。たとえ添っても、みやび乃にいては、いつしか虫籠作りやお茶の木を育てる夢も消えて、あたしたちの心が離れ離れになる気がしました」

そう言ってお和喜は目を伏せた。

「わたしは今度こそ、お和喜を放すまいという一念でした。死んだことにして、弟夫婦に店を譲り、竹林があってお茶の木が茂る駿府で暮らそうと言い出したのはわたしです」

「清治郎さんからこの計画を聞いた時、さすがに身体の震えが止まりませんでした。正直、あたしの我儘《わがまま》のために、こんなことまでさせてしまっていいのかという思いがありました。その夜、おとっつぁんの夢を見ました。夢の中のおとっつぁんは、〝お和喜、俺の供養はもう充分だ。どこにいようと、美味い茶で時折、茶漬けを作って、亭主や子どもに食わせてりゃ、御先祖様も文句は言うまい。幸せになるんだよ〟と言ってくれました。これで、何もかも吹っ切れたんです」

「人一人が死んだように見せかける仕事を、法眼《ほうげん》になろうとしている医者が兼ねていたとは驚きました」

――いよいよ、ここからだ――

季蔵は何としても、中谷理斉の裏の顔を暴《あば》く覚悟であった。

「二人で手と手を取り合っての駆け落ちも考えましたが、これでは、後々、みやび乃が物笑いの種にされてしまいます。そこで八方手を尽くして、聞きだしたのが、死人作りの中谷理斉でした。何としても、法眼になりたい理斉は、賄賂《わいろ》に流す金が湯水のように入り用で、事情で死んだふりが必要な者に、金子《きんす》さえ積めば惜しげなく力を貸してくれると聞いたんです。理斉の得意技は強い眠り薬で死んだふりをさせることでしたが、お店でそんなことをしても、店の者が掛かり付けの医者を呼んでしまい、すぐに生きているとわかってしまいます。それでいろいろ知恵を絞り、考えた末に思いついたのが、屋根から落ちて死ぬという、あの計画だったんです。向島の寮まで行ったからには、あなたはとっくに、死んだふりの仕掛けを見破られたことでしょう？」

必死で死者を演じたその時のことを思い出したのだろう、清治郎は額から冷や汗をどっと吹き出させた。

「屋根からわざと落ちたのは言うまでもありませんが、あらかじめ、落ちる場所が決められていて、あなたの等身大の幅に大きな穴が掘られ、左右の杭に漁師の使う網を結びつけて広げ、落ちてきたあなたを受け止めるように工夫してあったのです。こうすれば、負っても傷はかすり傷です。この時、おそらく、松明は桜を照らしておらず、あの夜は新月でしたので、辺りは真の闇に近かったはずです。みやび乃の人たちに確かめてはいませんが、これはあなたの指図に違いありません」

「松明で照らしていた店の者たちには、刻限を決めて休むように言ってありました。わたしが落ちるようになっていた穴は、苔を描いた板で被《おお》われていました。明るければ、本物いらしたのでしょう？」

「酔い潰れていては目的の場所に飛ぶことはむずかしい。あなたはこの日、泥酔を装って
ではないと気がつく者が出てきても不思議はありません」

「大徳利の中は水でした。人目もあって稽古なしの本番です。桜を照らしている松明が消えるのを待ち、穴の左右の杭のそばに立っている助っ人二人が点《とも》したぶら提灯《ちょうちん》を頼りに飛び降りたんです。まず、しくじるはずはないとわかってはいましたが、わたしの身体の重みで網が撓《たわ》んだ時はひやりとしました」

「この時、網の一部が切れて、その切れ端が残っていて仕掛けがわかりました」

「その後は急いで、穴から出て、額を朱で染めて血を流しているように見せかけ、なるべく息をしないようにして、うつぶせに倒れていたのです。穴は素早く苔を描いた板で元通り蓋がされました。まず、三軒先の料理屋で待っていた中谷先生が駆けつけ、次には、杭のそばに立っていた助っ人同様、中谷先生が手配した若い衆が庭に押し寄せてきて、ほっとしました。動転した奉公人たちは、松明をわたしに向けて照らしてくるので、またしても、例の板が気がかりでならなくて、若い衆たちがわざと苔の話を声高にして滑ってみせたりしているのが聞こえて、はらはらし通しでした。今、思うとあれも仕事のうちで、あれほど苔の話を繰り返されると、ここは苔だらけだと、誰もが信じてしまったのではないかと思います。あとはとんとんと運んで、理斉のところからここへ移り、四十九日が済んで、実直な弟夫婦がみやび乃に入り、やっと、順調に商いが引き継がれるのを知りました。

古くからの、忠義に厚い奉公人たちですから全《すべ》てを腹に収め、万事うまくやってくれています。秋風が吹く頃には、お和喜と二人、駿府に旅立つことになっています。何しろ、日が暮れてからしか外に出られないのは不自由ですよ。夕刻、竹採りに出かけて、ばったり、遭うはずのない知り合いに出くわした時は、幽霊のふりをすることにしています」

苦笑した清治郎はすぐに真顔になると、

「わたしたちはやっとここまで来ることが出来たのです。どうか、あなたにもわたしを幽霊だと思っていただきたい。この通りです」

深く頭を垂れ、急いでお和喜も倣《なら》った。

「わたしには、お二人の幸せを妨《さまた》げるつもりなど毛頭ありません。ただ、喜之助さん、お光さん、貞吉さん、この三人がどうして、続けて死ななければならなかったのか、その真相を突き止めて供養に代えたい、その一念だけなのです」

季蔵は訴えるような眼差《まなざ》しを二人に向けた。

六

「お光さんとあたしたちの関わりをお訊きになりたいんですね。お察しの通り、お光さんはここへ下働きに雇ってほしいと、言ってきたのではありません」

お和喜は清治郎を見た。

「実はわたしは以前、お露《つゆ》と名乗っていたお光さんに会っているんです」

清治郎は話し始めた。

「それはどこでです？」

季蔵は思わず身を乗りだした。

「中谷理斉が囲い女を住まわせている、新和泉《いずみ》町の家の二階でした。そこが死人作りの打ち合わせの場所だったんです。わたしはそこへ出向いて行って、偶然、中から出てきたお光さんを見たのです。戯作者の樫本《かしもと》喜之助も一緒でした。二階でわたしの死に方の打ち合わせが終わると、〝稀《まれ》に見る別嬪《べっぴん》に会ったでしょう？　一緒だったのは樫本喜之助で、あの女とはいい仲なのですよ〟と言い、どうしてこんな大事な話を洩らすのかと、こちらが当惑していると、〝近くあの二人は貧乏寺を借り切って、幽霊を交えた祝言を挙げるそうです。幽霊というのは、女の小さい時死んだ妹で、女の故郷《くに》にこの手のしきたりがあるということになっていますが、女に妹などいやしませんし、そんなしきたりもわたしは知りません。花婿の喜之助は一度は死ぬものの蘇り、花嫁のお露は幽霊に掠《さら》われるという、すべてが怪談を得意とする喜之助のお膳立てで、祝言にかこつけて自分の名を上げて、本の人気を高めようという魂胆です。わたしは喜之助が、死んだように見せかけるために眠り薬でお手伝いするだけです。もとより、そちらのような大掛かりな手間暇ではありませんん〟と明かして、礼金を釣り上げてきました。そんなわけで、幽霊婚の舞台裏を知っているだけに、花婿の喜之助が、祝言の席で、本当に死んでしまったと聞かされた時は心から驚きました」

そこで一度言葉を切った清治郎は、大きな深いため息をついて先を続けた。

「そんなある日、日暮れ時に、霊岸島長崎町の山本屋さんの近くを通りました。あのあたりには、強くしなやかで、竹細工に向いた竹林があるんです。山本屋さんの庭の生け垣に立って、庭を覗いているお光さんにばったり遭ったのです。地味な形《なり》で窶れてはいましたが、すぐにあの時の女だとわかりました。あの時、死人の身を押して、どうして、話しかけたのかは自分でもわかりません。おそらく、人の口に上るお光さんの身の上と比べて、今ある自分たちの幸せが、何とも、後ろめたかったのだと思います。お光さんは落とした簪を取り戻さなければ、ご亭主に合わす顔がないし、病もよくはならないと思い詰めていました。中谷理斉は、〝喜之助から、自分が一度、派手に死ぬ芝居を引き立てるために、気に入る女を探してくれと言われている。あんたなら必ず、女にうるさいあの男の気に入る。なに、ちょっとの辛抱だよ〟とお光さんを説き伏せて、ご亭主の薬代の代わりに、喜之助さんのところへ行かせたんだそうです。喜之助に飲ませた薬は中谷の調合した眠り薬のはずで、死ぬことなどなかったはずだともお光さんは言っていました。その言葉を信じたわたしたちは、お光さんの力になりたいと思いました」

清治郎の言葉にお和喜は大きく頷いて、

「そして、この家が清治郎さんだけではなく、簪を取り戻そうとしていたお光さんの隠れ家にもなったんです。ここからお光さんは毎日、簪を取り戻したい一念で山本屋に通っていました。止めればよかった。そうすれば、死なずに済んだかもしれないのに——」

声を詰まらせて目を伏せた。

「お光さんが殺すつもりなどなかったという以上、あの医者が薬を盛りすぎたのかもしれないとも思いましたが、もはや、死んでいる身のわたしです。お和喜とのこれからの人生もあります。罪を見逃すのは辛かったのですが、番屋へ足は向きませんでした」

清治郎は深くうなだれ、

「勝手なお願いかもしれません。でも、お願いです。あたしたちをこのままどうか、そっとしておいてください。後生《ごしょう》ですから」

お和喜は畳に頭をこすりつけた。

「わかりました。約束は守ります」

季蔵は茶喜を出た。

松次と約束した刻限七ツを報せる鐘が鳴った。

――これで、お光が死んだと知って、中谷理斉は罪を償うことなく安堵《あんど》するだろう。死人作りで集めた金で、目出度《めでた》く法眼に出世もするだろう――

狡賢《ずるがしこ》い狐《きつね》のような顔が思い出されて、口惜しさと空《むな》しさがどしゃぶりの雨のように、季蔵の胸の中に巣くった。

――お上が罪を糺《ただ》せないのならば、いっそ――

季蔵は長次郎《ちょうじろう》の形見の匕首《あいくち》の輝きを目に浮かべた。

「季蔵さん」

後片付けをしていた季蔵におき玖が声を掛けて、

「いつになく険しい顔をしてたわ。出先で何かあったの?」

「すみません、少し疲れただけです」

「明日の朝はお光さんの野辺《のべ》送りね」

おき玖がぽつりと呟いた。

すでに光徳寺に使いが出され、墓が掘られて卒塔婆《そとば》の用意がされていた。離れには棺桶も届けられている。

「お医者の家に引き取られたままになってる、お光さんのご亭主の貞吉さんの骸、どうなったのかしら?」

──約束の刻限に気をとられたせいで、そこまではとても思いが及ばなかった──

焼かれるか、川に投げ込まれるかして、始末される前に、貞吉の骸を取り戻さねばならなかった。

「お光さんはご亭主の病を治すために、命がけだったんだもの、何とか、一緒に葬ってあげたいわ。そうしなきゃ、二人とも浮かばれない。二人を知ってて、こうして見守ってるおとっつぁんだって、それを願ってるはず」

「引き取らせてもらえるよう、医者によくよく頼んでみます」

中谷の門弟たちは口を閉ざしていても、実際に始末を任せられる下働きたちなら、こちらの出方次第で、骸を捨てた場所を教えてくれるかもしれない。

――焼かれたのなら骨が残るが、川だと探しようがない――

季蔵は自分の無力さに腹が立った。長次郎の匕首がちらちらと頭を掠《かす》め続けた。おき玖との交替での寝ずの番がなければ、隠してあるその匕首を手にして、中谷家へ走っていたに違いなかった。

「二日もの長いお通夜になってしまったわね。あたしは、今夜は寝ずにお守りするわ。どうせ、眠れそうにないもの」

おき玖が言い出して、

「わたしにも守らせてください」

二人は万感の想いを胸に抱いて夜を明かした。

翌朝、空が白み始めるとすぐに迎えが訪れる。季蔵はお光の白装束の片袖に、貞吉の想いが込められた鼈甲《べっこう》の簪を、そっと差し入れるのを忘れなかった。

――せめて――

そして、

「待っていてね、もう少しの辛抱。すぐにご亭主とも一緒になれる、蓮《はす》の花の咲く極楽の池の前で会える――」

おき玖の涙ながらの呟きに送り出されて、お光は光徳寺へと塩梅屋を後にした。

この日の夕刻、北町奉行烏谷椋十郎《からすだにりようじゆうろう》が暮れ六ツと同時に塩梅屋の暖簾を潜った。

「盆が近づくと、どうにもここの仏壇が気になってな」

烏谷は離れで折り入って話がしたいと季蔵に告げている。

「どうぞ」

案内された烏谷は、

「いつもより、線香の匂いがきついようだ」

お光を送り出した後、離れの戸はずっと開け放したままにしていたのだが、早速言い当てて、

「僅《わず》かながら死臭もする。何があったか申せ」

丸い目を大きく瞠った。

「実は――」

季蔵は喜之助を殺したとされるお光の骸を見つけて、光徳寺へ弔うまでの経緯《いきさつ》を、茶喜で聞いたことは伏せて話した。

「すると、中谷理斉の尻尾《しっぽ》を摑むと大見得を切ったものの、松次と交わした約束の刻限は守られず、そちの折った骨は無駄骨だったというわけだな」

烏谷は温和そうに見える大福餅のような丸顔に似合わない、辛辣《しんらつ》な物言いをした。

「残念ながら」

季蔵は本音を悟られまいとして下を向いた。

「よかった」

烏谷はここでふーっと太い息をついた。

「なにゆえ安堵されたのです？」

「実はそちが、喜之助殺しの一件で中谷理斉に疑いを向け、調べようとしているのを田端《たばた》から聞いていたのだ。尻尾を摑んだものの、放すしか手がない場合もあろう」

烏谷はじろりと季蔵を見据えて、

「お上の目はそれほど節穴ではない。中谷理斉の死人作りは前から調べがついていた」

「ならば何故《なにゆえ》、早晩、お縄にならなかったのです？」

季蔵の声が怒りで震えた。

──お上が裁いていてくれたら、お光さんは死なずに済んだはずだ──

「金の力で、典薬頭《てんやくのかみ》たちともつながりのある理斉には、そうは簡単に手を出せない。ご老中の一人も世話になっていて、〝死人にならねば生きにくい者もいる。人助けにしてはちと高いのが癪《しゃく》の種だが、この世には必要な稼業かもしれぬな〟などと、憚《はばか》らず仰《おお》せになったこともあった。それと今まであやつの副業の死人作りで、目を覆うような酷い目にあわされた者はいなかったし、薬を取り間違えられることもなかった。それゆえ、昨夜までは、罪を犯しながらも悠々と永らえてきたのであろう」

「まさか、昨夜、中谷理斉が殺されたのでは？」

「家の近くの神社の中で斬り殺されていたのを、案じて探しに出た弟子の一人が見つけた」

七

「理斉の裏に黒幕がいるとお考えですね」

「そうだ。理斉は迂闊《うかつ》にも薬を間違えて、客を死なせてしまった。このしくじりを許さない者がいたのではないかと――」

「斬り殺したというからには、相手は侍ですね」

季蔵は険しく眉を寄せた。

――武家屋敷には踏み込めない町方でも、市中で罪を犯せば詮議《せんぎ》はできる。だが、ご老中の中に理斉の罪を見逃すようなお方がいるとなると、いくら探索しても尻尾は摑めない――


「殺されていた理斉のそばには脇差《わきざし》が落ちていた。しかし、使われたこの脇差が何とも腑に落ちぬ代物《しろもの》だった。孫六重兼《まごろくしげかね》という銘の名刀なのだが、これは大猷院《たいゆういん》様（徳川家光）の頃、取り潰された西国の小藩夕月《ゆうづき》藩主ゆかりの脇差で、いつの頃かはわからぬが、夕月藩と関わりのある者から譲り受けて家宝にしていたか、骨董屋、または質屋を介して、買い入れた者の仕業としか考えられない。念のため市中の骨董屋、質屋を当たらせている」

「そうなると、お調べはむずかしくなりますね」

わざとではなかったが、季蔵の口調はやや皮肉めいた。

「断っておくが、わしは調べができぬ方便に孫六重兼を出したのではないぞ。おそらく、黒幕はこの、一度薬を取り違えただけで、理斉を始末したわけではなかろう。黒幕は理斉を使って、今まで、表沙汰《おもてざた》にならず、わしの耳にも入らなかった、酷い悪事の数々を重ねていて、口封じのためもあって殺したにちがいない。かくなる上は断じて調べは止《や》めぬぞ」

真っ赤な顔で大声を上げて立ち上がった烏谷は、

「それにしても、匕首が使われていなくてよかった。匕首で理斉が殺されていたら、真っ先にそちに疑いの目を向けていただろう」

戸口へと向かった。

——お奉行は確かめにきたのだ——

季蔵はひやりとしつつも、

「一つ、お願いがございます」

烏谷の背中に追いすがった。

「何だ?」

振り返った烏谷は常の温和な丸顔である。

「お光と一緒に亭主貞吉の骸を葬ってやりたいのです」

「たしか、そちは亭主が中谷のところで骸にされたと、言い張っていたそうだな」

「弟子たちは無理でも、下働きに訊けば、骸のある場所がわかるのではないかと。川浚《かわさら》いとまでは申しませんが、焼いて始末したのであれば骨なりとも——」

「その必要はない。亭主の骸は明日、据物師《すえもの》のところから、お光の墓ができた光徳寺へ運んで弔うことになっている。中谷理斉ほど強欲な奴が、刀の試し斬りに売れる骸を、むざむざ捨てることなどするものか。墓を立てるゆとりのない者たちの身内を、慈悲の寺を知っているからと、さんざん騙《だま》して、数知れぬ骸を売り渡していた」

──医者ともあろう者が、阿漕《あこぎ》な骸売りをしているとわかっていれば、即刻お縄に出来たものを──

季蔵は抗議の代わりに、

「ありがとうございました」

頭を垂れた。

──理斉に黒幕がいたのなら、何としても、突き止めたい──

いつになくその来訪が待ち遠しく感じた田端と松次が塩梅屋を訪れたのは、翌日の昼過ぎであった。

「旦那に冷や酒、俺は甘酒。後は何もいらねえ。ちょいと休ませてもらうだけだ。これからたんとお役目が残ってるんだから」

松次はこれ以上はないと感じられるほど疲れていた。

無言で湯呑みの酒を呷《あお》り続ける田端もやや自棄《やけ》気味に見える。

──黒幕の手掛かりがないのだろう──

「お役目はいかがです？」

季蔵は理斉殺しについて知らぬふりをした。

松次は理斉殺しについて話して、

「よりによって、死人作りに手代まで絡んでたとはねえ。これじゃぁ、市中の骨董屋や質屋を当たってる暇もねえ」

田端の方を見た。

「霊岸島長崎町の骨董屋山本屋の手代弥吉が、近くの稲荷で今日の朝、骸で見つかった。斬り殺されていた。年代物の脇差は見つかっていないが、無残な滅多刺しで理斉の時と変わらぬ。これは同じ下手人の仕業だ」

田端は明確に説明した。

――あの弥吉さんが？――

季蔵には晴天の霹靂《へきれき》であった。

「やはり、今のところ、手掛かりは脇差しかない」

田端が言い切って、腰を上げると、倣った松次は、

「何でかしらねえが、弥吉の額《でこ》の上に白い金平糖が一つ、乗っかってたな。旦那、この金平糖も手掛かりになるかもしれやせんよ。骨董屋や質屋より菓子屋の方が多いが、金平糖を売る店はそう多くはないはずでさ」

珍しく主張した。

田端が無言で油障子を開けて出て行ってしまうと、

「甘党の自惚《うぬぼ》れだよ、自惚れ。菓子が手掛かりになぞ、なるもんじゃねえかな？」

松次はぶつぶつと呟きながら後を追った。

——そうだったのか——

季蔵は確信した。しかし、何とも救いのない想いである。

外から戻ってきたおき玖は、

「季蔵さん、どうしたの？　顔が青いわ」

しきりに案じた。

「瑠璃《るり》のところへ行ってきます」

季蔵は南茅場町《みなみかやばちょう》へと向かった。

「まあ、季蔵さん」

出迎えたお涼《りょう》は、

「ちょうど今、瑠璃さんのことで、文を書こうかと思っていたところだったのよ」

瑠璃のいる座敷へと案内してくれた。

「昔、昔、ある里に兄と妹が住んでいました。里では祭りになると、山の神山姫《やまひめ》様が白い着物を着て、踊りを舞うのです。山姫様は甘くて美味しい白い砂糖菓子がお好きでした」

瑠璃の細く澄んだ声が聞こえている。

「〝山姫様と兄妹〟という昔話を、とうとう瑠璃さんは諳《そら》んじてしまって、話してくれるのよ。言葉が出るのは何よりと思うのだけれど、ぐったり疲れるまで話し続けるので心配でならず、お医者様も首をかしげるばかりなので、あなたに来て貰おうと思っていたところだったの」

「瑠璃の〝山姫様と兄妹〟を聞きます」

季蔵は座敷で瑠璃と向かい合った。

瑠璃は無表情のまま、摩訶《まか》不思議な力に、操られてでもいるかのように語り続けている。

山姫様と砂糖菓子に憧《あこが》れるあまり、兄は山へと入ってしまう。若者を待っていた女神が、酔いしれたように兄と踊り続けていると、案じた妹が追いかけてきた。

山姫様に会うには、一本足で山頂までたどり着くというまじないが必要だった。兄は片足跳びで登ってきたが、知らない妹は二本の足で歩いてきた。その様子に怒り狂った山姫様は雷を鳴らし、渦巻く風を起こし、自身も美しい姫から、髪を振り乱し爪《つめ》が尖《とが》って口の裂けた化け物に変わってしまう。

二人はすぐにも、逃げようとした。化け物の山姫様は、〝一本足なら許すが、二本足は許さぬぞ〟と言い、うっかり、両足で逃げ出した兄は捕まり、幸いにも、転んだ弾みで片足跳びしかできなかった妹は、ぴょんぴょんと跳ねながら山を下りた。

「妹が戻らない兄を待っていると、夜、屋根にどしんと音がして兄が落ちてきました。三日三晩眠り続けた兄は、その後、ずっと、夢の中にいるように誰の顔もわからなかったということです。ただ、美味しかった砂糖菓子のことだけは覚えていて、〝山姫糖、山姫糖〟と繰り返していたとさ――」

――山姫糖がお登代さんのあの金平糖だったとは――

話し終えた瑠璃はふーっと大きな息をついて目を閉じると、身体を畳に横たえた。

「今はここで」

お涼が薄手の夜着《よぎ》を瑠璃に着せかけた。

「こんなことが続いては、身体が弱るのではないかと――」

眉を寄せたお涼は案じられてならない様子である。

「これは終わらせなければいけません」

「それでは近くで、これに似たお話が？」

以前、瑠璃が〝宝の下駄〟の昔話に取り憑《つ》かれたようになった時、近所で似た話があったとお涼は話していた。

――山本屋のある霊岸島長崎町とここはさして近くはないが――

「とにかく終わらせなければ――」

季蔵は暇《いとま》を告げて、山本屋へと向かった。

迎えた山本屋の大番頭は、

「あの弥吉にあんなことが起きたのは、長持ちの女の骸に無慈悲だった報《むく》いでしょうか。もしかして、あの女の祟《たた》りでは？」

愚痴まじりに白髪《しらが》頭でうなだれるばかりだったが、

「どうしても、旦那様とじきじきにお話ししたいことがあるのです。これは山本屋の行く末に関わる、とても大事なことです」

と告げると、さすがにしゃんと背筋が伸びて、

「わかりました」

季蔵は客間へと通された。

ほどなく、障子が開いて光右衛門《こうえもん》が入ってきた。幽霊について楽しく話していた時とは打って変わり、眠れぬ夜が続いているのか、頬が削《そ》げ、顔全体に皺が深く刻まれている。大番頭と幾つも年齢が変わらないように見えるほど、驚くばかりの窶れ様であった。

「邦助さん、お登代さんのことでまいりました」

季蔵が切り出すと、

「ああ――」

光右衛門は深いため息をついた。

「弥吉さんの骸には白い金平糖が添えられていました」

光右衛門はただただ目を伏せて、季蔵を見るまいとしている。

「年代物の脇差と、骸の傷が決め手となり、中谷理斉、弥吉さん殺しの詮議はいずれ、ここにまで及ぶことでしょう。もはや、逃れようもありません」

# 八

顔を上げた光右衛門は、

「妻や子のいないわたしにとって、妹の忘れ形見の邦助とお登代は、かけがえのない身内です。それにあの二人は、まだ心が子どもなのです」

すがるように季蔵を見つめた。

「二人はもう立派な大人です。子どもの悪戯《いたずら》だと見なすことはできません」

「これには事情があって――」

「どうか、お話しください」

「わたしには物心ついた時から、なぜか、終生、自分の子は持てまいとの予感があったので、妹が父の選んだ好いた手代と結ばれて、暖簾分けをしてもらい、邦助、お登代と子に恵まれた時は、我が子が生まれたかのような喜びでした。いずれ、邦助か、お登代のどちらかに山本屋を継がせることになるだろうと思ったからです。そんな思いもあって、わたしは二人の節句の祝いにと、金を使った兜《かぶと》と、衣装が全部金糸で織り上げてある段飾りの雛《ひな》人形を特別誂《あつら》えで贈りました。これらはまさにお宝で、山本屋の蔵の骨董を一蔵分売り払っても、まだ足りないほどの支払いでした。しかし、これが禍《わざわい》して、西から流れてきた盗賊一味に目をつけられ、店が襲われて、兜と雛人形が盗み出された上、奉公人ともども妹夫婦は殺されてしまったんです。幸いなことに邦助とお登代は素早く、押し入れに隠れることができて無事でした。こんなことが起きたのは、元はといえば、わたしがあんなものを贈ったからだと、悔やまれてなりませんでしたが、もう後の祭りです。あれからわたしは、今でも、妹とその連れ合いに、〝すまない、すまない〟と心の中で手を合わせ続けているんです。せめて、幽霊になって出てきて、許してくれれば、救いもあるのですが――。ですから、幽霊話に夢中になったり、幽霊画を集めていたりしている時は、あの世の妹夫婦を多少なりとも、身近に感じました」

――この人が幽霊に関わる道楽を続けてきたのは、まさに贖罪《しょくざい》ゆえだったのか――

「それで、厳しくは育てられなかったのですね」

「おっしゃる通りです。あの二人はどちらも妹似です。長じるにつれてますます似てきて、わたしはどうしても、叱って人の道を教えることができませんでした。叱る資格などわたしにはないと思えたからです」

「中谷理斉は二人の掛かり付けの医者だったのですね」

「二人は幼い時から、寝つきが悪く、虫の死骸を見つけても引きつけを起こすほどでした」

――あの時も――

長持ちに骸が入っていると聞かされて、引きつけまでは起こさなかったものの、二人の取り乱し方は普通ではなかった。

「妹夫婦は寝間で殺されていました。寝間の押し入れに逃げ込んでいた二人は、邦助が八歳、お登代が五歳。盗賊たちが立ち去った後、二人は息を殺しつつ、血まみれで横たわる両親の骸を目にしたはずです。お役人が見つけた時の二人は、母親が拵えた金平糖を握りしめていたとも聞いています」

――人に限らず、死が耐えられないのは、まだ両親《ふたおや》の死を越えられていないからだ。何という深い心の傷だろうか――

光右衛門と目を合わせると頷いた。

「心の病まで治してくれる医者は、この市中にそう多くありません。中谷先生は当時は、その数少ない医者の一人でした。薬礼（治療代）は高いと評判でしたが、今までずっと惜しむことなく払い続けてきたのです。たとえ引きつけを起こしても、先生処方の薬でよく眠れた後は、子どもらしい明るい笑顔になって、医者を替えようと思ったことは一度もありません」

「往診でしたか？」

「先生のところへ行く途中、お登代の好きな美味しい汁粉屋《しるこ》があるからと、一年ほど前から、十日に一度、通うようになったと聞いています」

「心の病は快方に向かっていると思われていますか？」

「そうだ、そうだと自分に言い聞かせてきたのですが――。今日の朝、弥吉の骸が見つかって、もしや、悪事に巻き込まれていたのではないかと気になり、奉公人総出で蔵という蔵を調べさせました。孫六重兼が見当たらないだけではなく、蔵の一つに血に染まった越《えち》後守包貞《ごのかみかねさだ》が転がっていたんです。昨夜、この近くで、弥吉と一緒に二人の姿を見たという奉公人もいて――」

光右衛門はがっくりとうなだれた。

――二人は中谷理斉のところへ出入りするうちに、訪ねても不在と追い返される時があり、それが居留守だとわかって、腹立ちまぎれに、出かけた理斉の後を尾行《つけ》、偶然、死人作りの裏稼業を知ってしまったのだろう。もちろん、弥吉さんも突き止めるのを手伝っていた。そして、喜之助さんの幽霊芝居の計画を知ると、理斉がお光に渡すはずだった、ただの眠り薬を、毒薬の入った袋とすり替えたのだ。袋の字など、いくらでも真似《まね》ることができるが――

そこで、はたと閃《ひらめ》くものがあった。

――邦助さんの気性では、この裏稼業を知って理斉に黙っていることなどできはしない。喜之助さん殺しのことさえも――

「二人は今、どこに？」

季蔵は叫ぶように訊いた。

「高輪《たかなわ》の寮におります。わたしはここで一緒に暮らしたかったんですが、どうしてもというので、二年前に引っ越させました。二人は離れの厨で料理をするために、毎日のように通って来てはいますが、今日はまだ顔を見ていません」

「すぐ高輪へ駆けつけなければ」

「店の者に案内させます」

こうして季蔵は、小僧と共に高輪の山本屋の寮まで走り通した。

座敷で倒れ伏していた二人は、口から血を流しながらも、互いの手を握っていた。

──遅かった──

すでにもう息はしていない。畳の上に各々《おのおの》の指で描いた血文字が見てとれる。

──お登代──

──兄さん──

季蔵は落ちていた薬の袋と薬包を拾った。袋には、見覚えのある手跡で、中谷理斉処方と書かれている。

季蔵は田端のやり方に倣って、一舐《な》めして吐き出した。

──毒だな。理斉は二人が薬をすり替えて喜之助さんを殺したと知り、口を封じようといつもの薬だと偽って毒薬を渡したが、先んじて兄の邦助に殺されてしまった──

喜之助、理斉殺しは、死人作りなどという、ふざけた稼業への抗議であったことは明白だったが、わからないのは弥吉を巻き添えにしたことであった。

季蔵はもう一度血文字を見た。

──お登代──

──兄さん──

弥吉が金平糖だけは、分け与えて貰えないと話していたことを思い出した。山本屋の離れの厨での料理の最中、お登代が弥吉に優しく、邦助が不機嫌で辛く当たっていたことも――。

――少なくとも、お登代さんは、弥吉殺しにだけは得心がいっていなかったろう。案じるあまり、後を尾行《つけ》て行って、兄の所業を見てしまい、せめてもの供養にと、持ち合わせていた金平糖を額に乗せてやったのだ――

季蔵はまた、〝山姫様と兄妹〟の昔話も思い出していた。

――この兄妹にとって、山姫は両親の命を奪った盗賊で、身体は逃げ果《おお》せたものの、心はずっと、正気に戻らなかった昔話の兄と同じで、囚《とら》われ続けていたのだろう。そして、惨事が起きた時、互いに持ち合わせていた金平糖は母親の手作りだったことで、二人の強い絆《きずな》になり続けた。だが、大人になれば、必ず、絶たねばならぬ絆だった。お登代さんの弥吉さんへの憎からずの想いは、がんじ絡めのこの絆から、逃れようとしてのことだったに違いない。だが、昔話の兄が山姫糖に執着し続けたように、金平糖の絆を永遠に続けたかった邦助さんは、妹を女としても愛し始めていて、お登代さんの想いが許せず、とうとう、弥吉さんを手に掛けてしまった――

季蔵が一連の経緯を烏谷に告げて、この事件は詮議が打ち切られた。

表向き、喜之助殺しはお光の仕業とされたままで、中谷理斉、弥吉殺しは辻斬《つじぎ》りの乱行と見なされた。中谷理斉の門弟たちは離散させられたが、山本屋の高輪の寮で死んだ邦助とお登代は、周囲が日頃から止めても止めなかった、鮪喰《や》いが禍しての食中《しょくあ》たりと届けられた。

「氷室まで借りていたあの兄妹たちが、古い鮪に中たるなんて、考えられないことだけど、何しろ、生で食べる刺身が大好きで、たれは溜まりと山葵《わさび》がお好みでしょうから、この時季、あり得ないことではないわ。残念だけど、これでまた、鮪が悪役呼ばわりされるわね」

おき玖は瓦版に書かれていたことを信じている。

案じられてならなかった瑠璃は、兄妹が死ぬとしばらくうとうと、昼夜なく眠り続けていた。その後、起きられるようになっても、ぴたりと口を閉じて、昔話に長じたお喜美《きみ》に、何度も同じ話をねだることも、その話を諳んじることもなくなった。いままでの瑠璃に戻ったのである。

そんなある夕べ、喜平《きへい》を筆頭に辰吉、勝二の三人が塩梅屋に顔を並べた。

まだまだ暑い毎日の上、盂蘭盆会《うらぼんえ》が近づいて、いつしかお決まりの幽霊談義になった。

お露と名乗っていたお光が、喜之助殺しの下手人だと思い込んでいる辰吉は、

「喜之助の幽霊が仇《かたき》を取ったか、死んでも、お露が恋しくて呼んだのさ」

自慢げに言い放つと、

「よかった。このところ、あのみやび乃の主だった、清治郎さんの幽霊を見かけないんで、ほっとしてたんです。いくら気脈が通じてても、あの世に連れて行かれるのはご免ですか

ら。舅《しゅうと》の親方や女房にいびられる毎日でも、子どもは可愛《かわい》いし、やっぱり、この世が一番です」

勝二が真顔で応戦した。

「お和喜ちゃんの茶喜が店仕舞いしちゃったのよ。一言ぐらい、あたしに言ってくれてもよさそうなものなのに」

おき玖が嘆じていたのは、つい二、三日前のことであった。

――お光さんと貞吉さん、邦助さんとお登代さん、たまらない結末ばかりだっただけに、駿府で出直すお和喜さんと清治郎さんの行く末が、せめてもの救いになる――

季蔵がやっと心の中に、一筋の光が見えたような気がしていると、

「わしは年齢《とし》こそ十分だが、たとえ、幽霊になっても、あんたらに遭ったりしないし、迷惑もかけないよ。まあ、この店にも来ないだろうさ。幽霊になっちゃ、美味い酒も肴も飲み食いできないからな。幽霊話なんぞにうつつを抜かしてると、若くても、お呼びがかかる。わしはご免だ」

幽霊話のとりは喜平がしめた。

# 解説

細谷正充

すべての道はローマに通ず。この有名なことわざを使って、和田はつ子作品について語ろうとすると「すべての作品は季蔵《としぞう》に通ず」となる。そういいたくなるほど「料理人季蔵捕物控」シリーズは、作者の集大成になっているのだ。その意味を、もう少し詳しく説明するために、まずは作者の経歴を紹介しよう。

和田はつ子は、一九五二年、東京都に生まれた。日本女子大学国文科修士課程修了後、出版社に勤務する。学生時代は、小説と映画にのめり込み、仲間たちと八ミリ映画を制作したという。会社の同僚と結婚し二女の母となるが、長女の小学校受験で受けたショックに耐え切れず、『よい子できる子に明日はない』を執筆。一九八六年に出版され、翌八七年には『お入学』のタイトルで、NHKのテレビドラマになった。以後、ルポルタージュや小説を精力的に発表。そんな作者の大きな転機となったのが、一九九四年の『ママに捧げる殺人』だ。心理分析官の加山知子を主人公にした物語は、当時の日本では珍しい純然たるサイコ・スリラーであった。この作品が出版業界やミステリー・ファンから注目され、作者は精力的にサイコ・ミステリーに取り組むようになる。「加山知子」シリーズに加え、文化人類学者の日下部遼と刑事の水野薫がコンビを組む「日下部&水野」シリーズ、法医学鑑定人を主役に据えた「田代ゆり子」シリーズが生まれたのだ。その一方で、ハーブにも造詣《ぞうけい》が深く、『ハーブオイルの本』『フレッシュハーブで野菜料理』『ハーブでダイエット』等、多数の著書を上梓《じょうし》しているのである。

これだけでも多彩すぎる経歴だが、作者の挑戦はまだ終わらない。二〇〇五年二月、「しんぶん赤旗」に連載した『藩医 宮坂涼庵』を新日本出版社より刊行し、時代小説に乗り出したのだ。これにはちょっと驚いたが、振り返ってみれば、思い当たる節《ふし》がないわけではない。「日下部&水野」シリーズは、日下部が文化人類学者ということもあり、民俗学の知識が豊富に取り入れられていた。さらにいえばシリーズの『木乃伊仏《ミイラ》』のプロローグが、江戸時代であったりと、時代小説の萌芽《ほうが》が窺《うかが》えていたのである。

このような下地があったからだろう。同年十一月に小学館文庫から『口中医桂助事件帖 南天うさぎ』を出版したのを皮切りに、これをシリーズ化すると、怒濤《どとう》の勢いで文庫書き下ろし時代小説を刊行。その他にも「料理人季蔵捕物控」「鶴亀屋繁盛記」「やさぐれ三匹事件帖」「余々姫夢見帖」「お医者同心 中原龍之介」等のシリーズがある。そしてこの中で、特に人気が高いのが「料理人季蔵捕物控」シリーズなのだ。

シリーズ第一弾『雛の鮨』がハルキ時代小説文庫から刊行されたのは、二〇〇七年六月のことであった。主人公は日本橋にある料理屋「塩梅屋《あんばいや》」で働く料理人の季蔵。もとは大身旗本に仕える武士だったが、奸計《かんけい》により主家の嫡男に許嫁《いいなずけ》の瑠璃《るり》を奪われ、市井《しせい》に身を投じる。それを拾ったのが「塩梅屋」の主人の長次郎《ちょうじろう》であった。それから数年、季蔵は長次郎の下で腕を磨いている。だが、ある日、長次郎が大川に浮かんだ。どうやら何者かに殺されたらしい。頼りにならない同心を見限り、季蔵は、長次郎の娘のおき玖《く》と共に、下手人を自らの手で挙げることを決意する。

ところが長次郎には裏の顔があった。「塩梅屋」を訪ねてきた北町奉行・烏谷椋十郎《からすだにりょうじゅうろう》の話によると、彼の命《めい》を受け、事件を探索したり悪人を始末する〝隠れ者〟をしていたのだ。椋十郎から長次郎の後釜に乞われた季蔵は、迷いを抱えながらも、さまざまな事件にかかわる。やがて、かつての主家の嫡男と対決することになるが、その騒動により瑠璃の心が壊れてしまった。椋十郎が懇意にしている長唄の師匠のお涼《りょう》に預けられた瑠璃のことを気にかけながら季蔵は、「塩梅屋」の料理人と隠れ者という、ふたつの顔を持つことになるのだった――というのが、シリーズの土台である。これを踏まえた上で、本書の内容を見ることにしよう。

『夏まぐろ』は、「料理人季蔵捕物控」シリーズの、第十六弾だ。前作『春恋魚』で、珍しく旅に出ていた季蔵だが、今は江戸に戻って、いつもの生活を送っている。心配事といえば、瑠璃の食が、細くなったことくらいだ。そんな季蔵に、常連の辰吉《たつきち》を通じて、新たな仕事が舞い込む。怪談物の戯作《げさく》を書いている樫木喜之助《かしもときのすけ》が幽霊婚をするというのだ。幽霊婚というのは、死んだ兄弟姉妹の数だけ、花嫁花婿の席の隣に座布団を並べておくというもの。かつて妹を病で失った、花嫁のお露《つゆ》の希望だという。これに乗った喜之助は、それなら幽霊婚に相応《ふさわ》しい、幽霊御膳を出したいといってきた。これを引き受け、見事な膳を出した季蔵。しかし喜之助が毒殺されるという事件が起こり、彼は複雑怪奇な騒動に巻き込まれていく。

本シリーズの大きな魅力は、ふたつある。ひとつは捕物帖としての面白さだ。本書は全四話で構成されているが、実質、長篇といっていい。それだけにミステリー味が、常にも増して濃いのだ。第一話で起きた喜之助殺しの真相が明らかになったかと思うと、第二話で、さらに意外な展開を迎える。そして第三話を経て、第四話で驚くべき事実が暴《あば》かれるのだ。特にラストで判明する犯人像は、長年にわたりサイコ・スリラーを書き続けてきた作者ならではのものであろう。

さらにいえば、サイコ・スリラーで鍛えた腕が、人間描写にも活用されている。そもそもサイコ・スリラーとは何か。権田萬治監修の『海外ミステリー事典』の「サイコ・スリラー」の項を引くと「異常殺人者あるいは大量連続殺人犯の恐怖を描いたスリラーのこと。サイコ・サスペンス、異常心理小説、異常心理サスペンスともいわれる」とある。一般的な常識や感覚から隔絶した、異常な心の闇をミステリーの形で抉《えぐ》り出したものといえよう。そして、異常な心の闇を見つめ続けた作家は、必然的に人間通になる。だって心の闇は、人の奥底に潜んでいるのだから。

その深い眼差《まなざ》しを武器にしているからこそ、作者の人間観照は優れている。犯人のみならず、喜之助と祝言を挙げることになったお露を見よ。事件の謎が解明されるに連れて、彼女の曲折に満ちた人生が浮かび上がってくるではないか。あるいは後半で起きる、もうひとつの幽霊騒ぎに隠された、男女の想《おも》いはどうだ。なんとも切なくなる心の形が表現されているのだ。

もちろん主人公側にも、同じことがいえる。瑠璃を救えなかった慚愧《ざんき》の念を抱えながら、彼女を見守る季蔵。その季蔵を愛《いと》しく思いながら、瑠璃の存在により、一歩を踏み出せないおき玖。哀切な男女の姿を、優しく描き尽くせるのも、人の心の闇を知る作者だからこそなのだ。

また、喜之助が毒殺されてることにも注目したい。作者は一九九四年に『毒殺は完全犯罪をめざすミステリーのための毒殺読本』を上梓したほどの毒殺通だが、その中で、

「あっと驚くような未知の毒、へーえと感心させる毒殺者の素顔も毒殺ミステリーの魅力だが、それだけではない。調べればわかる毒、はじめから疑わしい人間関係……どう見ても平凡なミステリーしか展開しないと見せておきながら実は、非凡な心理と推理の構築で堪能させてくれる。そんな毒殺ミステリーこそこれからの毒殺ミステリーの一番手ではないかと思う」

と述べている。くだくだしく書かないが、喜之助殺しの真相に、この言葉がピタリと当て嵌《は》まるのだ。作者は自己の理想を、高いレベルで実行している。そのことが、はっきり

と分かるのである。

　そして本シリーズの、もうひとつの魅力が料理だ。近年、文庫書き下ろし時代小説の世界では、料理を題材や小道具に使った作品が人気を集めているが、作者はその一翼を担う、重要な存在といっていい。それほど料理の描写が抜群だ。たとえば幽霊御膳。「岩もずく酢」から「水小豆《あずき》」まで八品ほど並んでいるが、どれも美味《おい》しそうだ。また、作者の書き方も巧《うま》い。料理と食事がセットになっているのだ。たとえば「岩もずく酢」。二十四ページを開いて確認してもらいたいが、作り方を説明した後、それを食べたおき玖の感想が入るのだ。


「上等なひじきのお蕎麦《そば》って感じね。磯の香りって、きっとこういう香りなのね」

「小鉢に残っている酢も飲んでみてください」

「あ、いい味、時季のせいかしら、何ともいえないわ。昆布風味の煎り酒が効いてるのね」


　テレビの料理番組もそうだが、料理だけではなく、それを食べた人のリアクションが、視聴者の興味や食欲をさらに引き立てる。このポイントをしっかり押さえているから、幽霊御膳がより一層、美味しく感じられるのである。なお本書には、鮪尽くしの料理も登場するが、こちらも美味しそうで堪《たま》らない。空腹のときに読むのは危険すぎる。あまりの見事な筆致に、腹が鳴りっぱなしになってしまうのだ。

それにしてもである。どうして作者は、こんなに料理の描写が巧いのか。またもや経歴を振り返ってみると、ハーブが引っかかる。ハーブ好きで、ハーブ関係の料理本まで出してしまう作者は、料理に関する知識と実践にも、並々ならぬ実力を持っているはずだ。その知識を江戸に敷衍《ふえん》させることで、季蔵の作る数々の御馳走が生まれているのである。

さて、ここまで書けば、「すべての作品は季蔵に通ず」といった理由も、納得してもらえるだろう。味よし、謎よし、すべてよし。エンターテインメントの〝塩梅〟を熟知した、ベテラン作家の手腕が存分に楽しめる、極上の逸品がここにあるのだ。


（ほそや・まさみつ／文芸評論家）

〈参考文献〉

『マグロのふしぎがわかる本』中野秀樹、岡雅一（築地書館）
『事典　和菓子の世界』中山圭子（岩波書店）

本書は、時代小説文庫（ハルキ文庫）の書き下ろし作品です。
『春恋魚』の著者印税の一部を南相馬市に寄付いたしました。

時代小説文庫
わ 1-17

夏《なつ》まぐろ 料理人季蔵捕物控《りょうりにんとしぞうとりものひかえ》

著者 和田《わだ》はつ子《こ》

2012年6月18日第一刷発行

発行者 角川春樹

発行所 株式会社 角川春樹事務所
〒102-0074 東京都千代田区九段南2-1-30 イタリア文化会館

電話 03(3263)5247[編集] 03(3263)5881[営業]

印刷・製本 中央精版印刷株式会社

フォーマット・デザイン&シンボルマーク 芦澤泰偉


ISBN978-4-7584-3670-0 C0193 
http://www.kadokawaharuki.co.jp/[営業]
fanmail@kadokawaharuki.co.jp[編集] ご意見・ご感想をお寄せください。